중학생 독후감 필독선 22

중학생이 보는

KIMYUJEONG

KB142093

김 유 정 지음

성낙수(한국교원대 교수) · 이은성(전주 전일중학교 교사) · 유상우(전주 서중학교 교사) 엮음

좋은 책 좋은 독자를 만드는—
㈜신원문화사

책 머리에 ·······························

    더 이상 언급할 필요도 없지만 요즘은 독서의 중요성이 더욱 강조되는 시대입니다. 첨단과학으로 이루어진 대중매체 덕분에 눈으로 읽는 것보다는 말초신경을 자극하는 동영상 쪽으로 관심이 모아지는 데 대한 우려 때문일 것입니다. 꿈과 희망을 가지고 자라나는 학생들에게는 올바른 사고력과 분별력을 키워주어야 합니다. 그런 점에서 다른 사람들의 생각과 철학, 인생관과 세계관이 들어 있는 명작들을 많이 읽는 것이야말로 바람직한 학습 효과를 거둘 수 있는 지름길이라 생각합니다.

    명작은 오랜 세월에 걸쳐 많은 사람들이 읽고 크게 감동을 받은 인정된 작품들로서, 청소년들의 삶에 지침이 되어 주고 인생관에 변화를 주게 될 것입니다.

    이번에 중학생들에게 꼭 읽히고 싶은 명작들을 선정하여, 작품을 바르게 감상하고 독후감을 쓰는 데 도움을 주고자 이 시리즈를 기획하게 되었습니다. 작품들은 동서고금에 걸쳐 객관적으로 인정받은, 훌륭한 대상만을 선정하였습니다. 그리고 책의 구성을 다음과 같이 하여, 읽고 쓰는 데 도움이 되도록 하였습니다.

    하나, 삶에 대한 지혜와 용기를 주고 중학생이라면 꼭 읽어야 할 명작만을 골랐습니다.

　둘, 명작을 읽고 난 후의 솔직한 느낌을 논리적·체계적으로 쓸 수 있도록 중학생들의 독후감 작성에 따르는 부담을 덜어 주도록 구성하였습니다.

　셋, 작품 알고 들어가기, 내용 훑어보기, 작품 분석하기, 등장인물 알기를 통해 작품을 분석하는 힘을 기를 수 있도록 하였습니다.

　넷, 작가 들여다보기, 시대와 연관짓기, 작품 토론하기 등을 통해 작가의 일생을 알고 시대의 흐름을 파악하여 상상력과 창의력을 키워 주도록 하였습니다.

　다섯, 독후감 예시하기와 독후감 제대로 쓰기에서는 책을 읽는 방법과 독후감 모범답안 실례를 제시함으로써 문장력을 길러주는 한편 독후감 쓰기의 충실한 길라잡이가 되도록 했습니다.

　아무쪼록 이 책들이 중학생들의 학습 능력 향상에 큰 도움이 되길 빌어 마지 않습니다.

엮은이　성 낙 수

차 례

중학생이 보는

KIMYUJEONG KIMYUJEONG

동 백 꽃

동 백 꽃

1930년대 강원도의 어느 산골을 배경으로 하여, 순박한 젊은 남녀의 사랑을 형상화한 작품입니다. 소작인의 아들인 주인공 '나'와 마름의 딸인 점순이 사이가 사랑으로 발전하기 위한 작은 갈등들을 이 작품에서 볼 수 있죠. 순박한 농촌 사람들의 생활 모습과 그들에게서 풍겨 나오는 그 당시의 시대적 향기를 맡으며, 작품을 읽어 보세요.

봄 봄

〈봄봄〉은 주인공 '나'를 중심으로 하여 점순이와 장인간에 벌어지는 하나의 사건을 다루고 있습니다. '나'의 어리석음과 장인의 간교한 모습이 교묘히 대비되며 작품을 더욱 재미있게 해주고 있지요. 작품이 만들어내는 웃음 속에 1930년대 농촌 사회의 구조적 모순과 부조리한 현실에 대한 작가의 강한 비판 의식이 담겨 있음을 염두에 두고 읽어 보세요.

금 따는 콩밭

당시의 어려운 사회 현실을 우매한 농민들의 행동을 통해 나타낸 작품입니다. 성실하고 우직한 농사꾼인 주인공 영식이 콩밭에 금맥이 있다는 꾐에 빠져 밭을 파헤치는 상황을 통해서 식민지 시대의 어려운 시절에, 허황된 꿈을 꾸는 한 일가의 비참한 모습을 해학적으로 그려내고 있지요. 영식과 수재 그리고 영식의 아내의 성격을 어떻게 그리고 있는지 살펴보면서 작품을 읽어 보세요.

만 무 방

1930년대 식민지하에서의 어려운 농촌 현실을 고발한 작품입니다. 엉뚱하며 도박과 절도로 일확천금을 꿈꾸는 응칠과 열심히 살아가고자 하는 동생 응오, 이 두 형제를 대비시키면서 당시의 부조리한 사회 모습을 반어적인 상황을 통해 뛰어나게 형상화하고 있어요. 오늘날의 사회 모습과 적절히 비교하면서, 작가가 전달하고자 하는 사회 비판 의식과 그 깨달음에 대해서 이해해 보도록 하세요.

동백꽃

동 백 꽃

오늘도 또 우리 수탉이 막 쪼이었다. 내가 점심을 먹고 나무를 하러 갈 양으로 나올 때이었다. 산으로 올라서려니까 등뒤에서 푸드득 푸드득 하고 닭의 횃소리가 야단이다. 깜짝 놀라서 고개를 돌려보니 아니나 다르랴, 두 놈이 또 얼리었다.

점순네 수탉(대강이가 크고 똑 오소리 같은 실팍하게 생긴 놈)이 덩저리 작은 우리 수탉을 함부로 해내는 것이다. 그것도 그냥 해내는 것이 아니라 푸드득 하고 면두를 쪼고 물러섰다가 좀 사이를 두고 또 푸드득 하고 모가지를 쪼았다. 이렇게 멋을 부려가며 여지없이 닦아놓는다. 그러면 이 못생긴 것은 쪼일 적마다 주둥이로 땅을 받으며 그 비명이 킥 킥 할 뿐이다. 물론 미처 아물지도 않은 면두를 또 쪼이어 붉은 선혈은 뚝뚝 떨어진다.

이걸 가만히 내려다보자니 내 대강이가 터져서 피가 흐르는 것 같이 두 눈에 불이 번쩍 난다. 대뜸 지게 작대기를 메고 달려들어 점순네 닭을 후려칠까 하다가 생각을 고쳐먹고 헛매질로 떼어만 놓았다.

이번에도 점순이가 쌈을 붙여놨을 것이다. 바짝바짝 내 기를 올리느라고 그랬음에 틀림없을 것이다. 고놈의 계집애가 요새로 접어들어서 왜 나를 못 먹겠다고 고렇게 아르릉거리는지 모른다.

동백꽃

나흘 전 감자쪼간만 하더라도 나는 저에게 조금도 잘못한 것은 없다. 계집애가 나물을 캐러 가면 갔지, 남 울타리 엮는 데 쌩이질을 하는 것은 다 뭐냐? 그것도 발소리를 죽여가지고 등뒤로 살며시 와서,

"애! 너 혼자만 일하니?"

하고 긴치 않은 수작을 하는 것이다.

어제까지도 저와 나는 이야기도 잘 않고, 서로 만나도 본척 만척하고 이렇게 점잖게 지내던 터이련만 오늘에 갑작스레 대견해졌음은 웬일인가. 항차 망아지만한 계집애가 남 일하는 놈 보구……

"그럼 혼자 하지 떼루 하디?"

내가 이렇게 내뱉는 소리를 하니까,

"너 일하기 좋니?"

또는,

"한여름이나 되거든 하지 벌써 울타리를 하니?"

잔소리를 두루 늘어놓다가 남이 들을까봐 손으로 입을 틀어막고는 그 속에서 깔깔댄다. 별로 우스울 것도 없는데 날씨가 풀리더니 이놈의 계집애가 미쳤나 하고 의심하였다. 게다가 조금 뒤에는 저의 집께를 할끔할끔 돌아보더니 행주치마 속으로 꼈던 바른손을 뽑아서 나의 턱밑으로 불쑥 내미는 것이다. 언제 구웠는지 아직도 더운 김이 홱 끼치는 굵은 감지 세 개가 손에 뿌듯이 쥐었다.

"느 집엔 이거 없지?"

하고 생색 있는 큰소리를 하고는 제가 준 것을 남이 알면 큰일날 테니 여기서 얼른 먹어버리란다. 그리고 또 하는 소리가,

"너 봄감자가 맛있단다."

"난 감자 안 먹는다. 너나 먹어라."

나는 고개도 돌리려 하지 않고 일하던 손으로 그 감자를 도로 어깨 너머로 쓱 밀어버렸다. 그랬더니 그래도 가는 기색이 없고, 뿐만 아니라 쌔근쌔근하고 심상치 않게 숨소리가 점점 거칠어진다. 이건 또 뭐야 싶어서 그때에야 비로소 돌아다보니, 나는 참으로 놀랐다. 우리가 이 동리에 들어온 것은 근 삼 년째 되어 오지만 여지껏 가무잡잡한 점순이의 얼굴이 이렇게까지 홍당무처럼 새빨개진 법이 없었다. 게다 눈에 독을 올리고 한참 나를 요렇게 쏘아보더니 나중에는 눈물까지 어리는 것이 아니냐. 그리고 바구

니를 다시 집어들더니 이를 꼭 악물고는 엎어질 듯 자빠질 듯 논둑으로 휭하게 달아나는 것이다.

어쩌다 동리 어른이,

"너 얼른 시집을 가야지?"

하고 웃으면,

"염려 마세유. 갈 때 되면 어련히 갈라구……."

이렇게 천연덕스레 받는 점순이었다. 본시 부끄럼을 타는 계집 애도 아니거니와, 또한 분하다고 눈에 눈물을 보일 얼병이도 아니다. 분하면 차라리 나의 등허리를 바구니로 한번 모지게 후려 때리고 달아날지언정.

그런데 고약한 그 꼴을 하고 가더니, 그 뒤로는 나를 보면 잡아 먹으려고 기를 복복 쓰는 것이다.

설혹 주는 감자를 안 받아먹은 것이 실례라 하면, 주면 그냥 주 었지 '느 집엔 이거 없지'는 다 뭐냐. 그렇잖아도 저희는 마름이 고 우리는 그 손에서 배재를 얻어 땅을 부치므로 일상 굽신거린 다. 우리가 이 마을에 처음 들어와 집이 없어서 곤란으로 지낼 제, 집터를 빌리고 그 위에 집을 또 짓도록 마련해 준 것도 점순 네의 호의였다. 그리고 우리 어머니 아버지도 농사 때 양식이 달 리면 점순네한테 가서 부지런히 꾸어다 먹으면서 인품 그런 집은 다시 없으리라고 침이 마르도록 칭찬하곤 하는 것이다. 그러면 서도 열일곱씩이나 된 것들이 수군수군하고 붙어다니면 동리 소문이 사납다고 주의를 시켜준 것도 또 어머니였다. 왜냐하면 내가 점순이하고 일을 저질렀다가는 점순네가 노할 것이고, 그러면 우리는 땅도 떨어지고 집도 내쫓기고 하지 않으면 안 되는 까닭이었다. 그런데 이놈의 계집애가 까닭없이 기를 복복 쓰며 나를 말려죽이려고 드는 것이다.

눈물을 흘리고 간 그 담날 저녁나절이었다. 나무를 한 짐 잔뜩 시고 산을 내려오려니까 어디서 닭이 죽는 소리를 친다. 이거 뉘집에서 닭을 잡나, 하고 점순네 울 뒤로 돌아오다가 나는 고만 두눈이 뚱그래졌다. 점순이가 저희 집 봉당에 홀로 걸터앉았는데 아 이게 치마 앞에다 우리 씨암탉을 꼭 붙들어 놓고는,

"이놈의 닭! 죽어라, 죽어라."

요렇게 암팡스레 패주는 것이 아닌가. 그것도 대가리나 치면 모른다마는 아주 알도 못 낳으라고 그 볼기짝께를 주먹으로 콕콕 쥐어박는 것이다.

나는 눈에 쌍심지가 오르고 사지가 부르르 떨렸으나 사방을 한번 휘돌아보고야 그제서 점순이 집에 아무도 없음을 알았다. 잡은 참지게 작대기를 들어 울타리 중턱을 후려치며,

"이놈의 계집애! 남의 닭 알 못 낳으라구 그러니?"

하고 소리를 빽 질렀다.

그러나 점순이는 조금도 놀라는 기색이 없고 그대로 의젓이 앉아서 제 닭 가지고 하듯이 또 죽어라 죽어라, 하고 패는 것이다.

이걸 보면 내가 산에서 내려올 때를 겨냥해가지고 미리부터 닭을 잡아가지고 있다가 네 보란 듯이 내 앞에 쥐지르고 있음이 확실하다.

그러나 나는 그렇다고 남의 집에 뛰어들어가 계집애하고 싸울 수도 없는 노릇이고, 형편이 썩 불리함을 알았다. 그래 닭이 맞을 적마다 지게 작대기로 울타리나 후려칠 수밖에 별 도리가 없다. 왜냐하면 울타리를 치면 칠수록 울섶이 물러앉으며 뼈대만 남기 때문이다. 허나 아무리 생각하여도 나만 밑지는 노릇이다.

"아, 이년아! 남의 닭 아주 죽일 터이냐?"

내가 도끼눈을 뜨고 다시 꽥 호령을 하니까 그제서야 울타리께로 쪼르르 오더니 울 밖에 섰는 나의 머리를 겨누고 닭을 내팽개친다.

"에이 더럽다! 더럽다!"

"더러운 걸 널더러 입때 끼고 있으랬니? 망할 계집애년 같으니!"

하고 나도 더럽단 듯이 울타리께를 횡하게 돌아내리며 약이 오를 대로 다 올랐다, 라고 하는 것은, 암탉이 풍기는 서슬에 나의 이마빼기에다 물찌똥을 찍 갈겼는데 그걸 본다면 알집만 터졌을 뿐 아니라 골병은 단단히 든 듯싶다.

그리고 나의 등뒤를 향하여 나에게만 들릴 듯 말 듯한 음성으로,

"이 바보 녀석아!"

"……."

"얘! 너 배냇병신이지?"

그만도 좋으련만,

"얘! 너 느 아버지가 고자라지?"

"뭐? 울아버지가 그래 고자야?"

할 양으로 열벙거지가 나서 고개를 홱 돌리어 바라봤더니 그때까지 울타리 위로 나와 있어야 할 점순이의 대가리가 어디를 갔는지 보이지를 않는다. 그러다 돌아서서 오자면 아까에 한 욕을 울 밖으로 또 퍼붓는 것이다. 욕을 이토록 먹어가면서도 대거리 한마디 못하는 걸 생각하니 돌부리에 채이어 발톱 밑이 터지는 것도 모를 만치 분하고 급기야는 두 눈에 눈물까지 불끈 내솟는다.

그러나 점순이의 침해는 이것뿐이 아니다. 사람들이 없으면 틈틈이 제 집 수탉을 몰고 와서 우리 수탉과 쌈을 붙여놓는다. 제 집 수탉은 썩 험상궂게 생기고 쌈이라면 홰를 치는 고로 으레 이길 것을 알기 때문이다. 그래서 툭하면 우리 수탉의 면두며 눈깔이 피로 흐드르하게 되도록 해놓는다. 어떤 때에는 우리 수탉이 나오지를 않으니까 요놈의 계집애가 모이를 쥐고 와서 꾀어내다가 쌈을 붙인다.

이렇게 되면 나도 다른 배차를 차리지 않을 수 없다. 하루는 우리 수탉을 붙들어가지고 넌지시 장독께로 갔다. 쌈닭에게 고추장을 먹이면 병든 황소가 살모사 먹고 용을 쓰는 것처럼 기운이 뻗친다 한다. 장독에서 고추장 한 접시를 떠서 닭 주둥아리께로 들여밀고 먹여 보았다. 닭도 고추장에 맛을 들였는지 거스르지 않고 거진 반 접시 턱이나 곧잘 먹는다. 그리고 먹고 금세는 용을 못 쓸 터이므로 얼마쯤 기운이 돌도록 홰 속에다 가두어 두었다.

밭에 두엄을 두어 짐 져내고 나서 쉴 참에 그 닭을 안고 밖으로 나왔다. 마침 밖에는 아무도 없고 점순이만 저희 울 안에서 헌옷을 뜯는지 혹은 솜을 타는지 웅크리고 앉아서 일을 할 뿐이다.

나는 점순네 수탉이 노는 밭으로 가서 닭을 내려놓고 가만히 맥을 보았다. 두 닭은 여전히 얼리어 쌈을 하는데 처음에는 아무 보람이 없다. 멋지게 쪼는 바람에 우리 닭은 또 피를 흘리고 그러면서도 날갯죽지만 푸드득 푸드득 하고 올라뛰고 뛰고 할 뿐으로 제법 한 번 쪼아보지도 못한다.

그러나 한 번은 어쩐 일인지 용을 쓰고 펄쩍 뛰더니 발톱으로 눈을 하비고 내려오며 면두를 쪼았다. 큰 닭도 여기에는 놀랐는지 뒤로 멈씰하며 물러난다. 이 기회를 타서 작은 우리 수탉이 또 날쌔게 덤벼들어 다시 면두를 쪼니 그제서는 감때 사나운 그 대강이에서도 피가 흐르지 않을 수 없다.

'옳다, 알았다. 고추장만 먹이면 되는구나' 하고 나는 속으로 아주 쟁그라워 죽겠다. 그때에는 뜻밖에 내가 닭쌈을 붙여놓는 데 놀라서 울 밖으로 내다보고 섰던 점순이도 입맛이 쓴지 눈살을 찌푸렸다.

　나는 두 손으로 볼기짝을 두드리며 연방,

　"잘한다! 잘한다!"

하고 신이 머리끝까지 뻗치었다.

　그러나 얼마 되지 않아서 나는 넋이 풀리어 기둥같이 묵묵히 서
있게 되었다. 왜냐하면 큰 닭이 한 번 쪼인 앙갚음으로 허둥갑스
레 연거푸 쪼는 서슬에 우리 수탉은 찔끔 못하고 막 곯는다. 이걸
보고서 이번에는 점순이가 깔깔거리고, 되도록 이쪽에서 많이 들
으라고 웃는 것이다.

　나는 보다 못하여 덤벼들어서 우리 수탉을 붙들어가지고 도로
집으로 들어왔다. 고추장을 좀더 먹였더라면 좋았을 걸, 너무 급
하게 쌈을 붙인 것이 퍽 후회가 난다. 장독께로 돌아와서 다시 턱
밑에 고추장을 들이댔다. 홍분으로 말미암아 그런지 당최 먹질
않는다.

　나는 하릴없이 닭을 반듯이 눕히고 그 입에다 궐련 물부리를 물
리었다. 그리고 고추장 물을 타서 그 구멍으로 조금씩 들이부었
다. 닭은 좀 괴로운지 킥킥 하고 재채기를 하는 모양이나, 그러나
당장의 괴로움은 매일같이 피를 흘리는 데 댈 게 아니라 생각하
였다.

　그러나 한두어 종지 가량 고추장 물을 먹이고 나서는, 나는 고
만 풀이 죽었다. 싱싱하던 닭이 왜 그런지 고개를 살며시 뒤틀고

는 손아귀에서 뻐드러지는 것이 아닌가. 아버지가 볼까봐서 얼른 홰에다 감추어 두었더니 오늘 아침에서야 겨우 정신이 든 모양 같다.

그랬던 걸 이렇게 오다 보니까 또 쌈을 붙여놨으니 이 망할 계집애가 필연 우리집에 아무도 없는 틈을 타서 제가 들어와 홰에서 꺼내가지고 나간 것이 분명하다.

동
백
꽃

나는 다시 닭을 잡아 가두고 염려는 스러우나 그렇다고 산으로 나무를 하러 가지 않을 수도 없는 형편이었다.

소나무 삭정이를 따며 가만히 생각해 보니 암만 해도 고년의 목쟁이를 돌려놓고 싶다. 이번에 내려가면 망할년 등줄기를 한 번 되게 후려치겠다, 하고 싱둥겅둥 나무를 지고는 부리나케 내려왔다.

거지반 집에 다 내려와서 나는 호드기 소리를 듣고 발이 딱 멈추었다. 산기슭에 널려 있는 굵은 바윗돌 틈에 노란 동백꽃이 소보록하니 깔리었다. 그 틈에 끼어 앉아서 점순이가 청승맞게스레 호드기를 불고 있는 것이다. 그보다도 더 놀란 것은 그 앞에서 또 푸드득 푸드득 하고 들리는 닭의 횃소리다. 필연코 요년이 나의 약을 올리느라고 또 닭을 집어내다가 내가 내려올 길목에다 쌈을 시켜놓고, 저는 그 앞에 앉아서 천연스레 호드기를 불고 있음에 틀림없으리라.

나는 약이 오를 대로 다 올라서 두 눈에서 불과 함께 눈물이 픽 쏟아졌다. 나무 지게도 벗어놀 새 없이 그대로 내동댕이치고는 지게 작대기를 뻗치고 허둥지둥 달려들었다.

가까이 와보니 과연 나의 짐작대로 우리 수탉이 피를 흘리고 거의 빈사지경에 이르렀다. 닭도 닭이려니와 그러함에도 불구하고 눈 하나 깜짝없이 고대로 앉아서 호드기만 부는 그 꼴에 더욱 치가 떨린다. 동리에서도 소문이 났거니와 나도 한때는 걱실걱실히 일 잘하고 얼굴 예쁜 계집애인 줄 알았더니 시방 보니까 그 눈깔이 꼭 여우 새끼 같다.

나는 대뜸 달겨들어서 나도 모르는 사이에 큰 수탉을 단매로 때려 엎었다. 닭은 푹 엎어진 채 다리 하나 꼼짝 못하고 그대로 죽어버렸다. 그리고 나는 멍하니 섰다가 점순이가 매섭게 눈을 홉뜨고 닥치는 바람에 뒤로 벌렁 나자빠졌다.

"이놈아! 너 왜 남의 닭을 때려 죽이니?"

"그럼 어때?"

하고 일어나다가,

"뭐 이자식아! 누 집 닭인데?"

하고 복장을 떼미는 바람에 다시 벌렁 자빠졌다. 그러고 나서 가만히 생각하니 분하기도 하고 무안도 스럽고, 또 한편 일을 저질렀으니 인젠 땅이 떨어지고 집도 내쫓기고 해야 될는지 모른다.

나는 비슬비슬 일어나며 소맷자락으로 눈을 가리고는 얼김에 엉, 하고 울음을 놓았다. 그러다 점순이가 앞으로 다가와서,

"그럼, 너 이담부턴 안 그럴 테냐?"

하고 물을 때에야 비로소 살 길을 찾은 듯싶었다. 나는 눈물을 우선 씻고 뭘 안 그러는지 명색도 모르건만,

"그래!"

하고 무턱대고 대답하였다.

"요담부터 또 그래봐라, 내 자꾸 못살게 굴 테니."

"그래 그래, 인젠 안 그럴 테야."

"닭 죽은 건 염려 마라. 내 안 이를 테니."

그리고 뭣에 떠다밀렸는지 나의 어깨를 짚은 채 그대로 퍽 쓰러진다. 그 바람에 나의 몸뚱이도 겹쳐서 쓰러지며 한창 피어 퍼드러진 노란 동백꽃 속으로 폭 파묻혀 버렸다.

알싸한, 그리고 향긋한 그 냄새에 나는 땅이 꺼지는 듯이 온 정신이 고만 아찔하였다.

"너 말 마라?"

"그래!"

조금 있더니 요 아래서,

"점순아! 점순아! 이년이 바느질을 하다 말구 대체 어딜 갔어!"

하고 어딜 갔다 온 듯싶은 그 어머니가 역정이 대단히 났다.

점순이가 겁을 잔뜩 집어먹고 꽃 밑을 살금살금 기어서 산 아래로 내려간 다음 나는 바위를 끼고 엉금엉금 기어서 산 위로 치빼지 않을 수 없었다.

봄 봄

봄 봄

"장인님! 인젠 저……."

내가 이렇게 뒤통수를 긁고 나이가 찼으니 성례를 시켜줘야 하지 않겠느냐고 하면 그 대답이 늘,

"이자식아! 성례구 뭐구 미처 자라야지!"

하고 만다.

이 자라야 한다는 것은 내가 아니라 장차 내 아내가 될 점순이의 키 말이다.

내가 여기에 와서 돈 한 푼 안 받고 일하기를 삼 년 하고 꼬박 일곱 달 동안을 했다. 그런데도 미처 못 자랐다니까 이 키는 언제야 자라는 겐지 짜장 영문 모른다. 일을 좀더 잘해야 한다든지, 혹은 밥을(많이 먹는다고 노상 걱정이니까) 좀 덜 먹어야 한다든지

하먼 나도 얼마든지 할 말이 많다. 허지만 점순이가 아직 어리니까 더 자라야 한다는 얘기에는 어째 볼 수 없이 고만 벙벙하고 만다.

이래서 나는 애초 계약이 잘못된 걸 알았다. 이태면 이태, 삼 년이면 삼 년, 기한을 딱 작정하고 일을 했어야 할 것이다. 덮어놓고 딸이 자라는 대로 성례를 시켜주마 했으니 누가 늘 지키고 섰는 것도 아니고, 그 키가 언제 자라는지 알 수 있는가. 그리고 난, 사람의 키가 무럭무럭 자라는 줄만 알았지 붙박이 키에 모로만 벌어지는 몸도 있는 것을 누가 알았으랴. 때가 되면 장인님이 어련하랴 싶어서 군소리 없이 꾸벅꾸벅 일만 해왔다. 그럼 말이다, 장인님이 제가 다 알아차려서,

"어 참, 너 일 많이 했다. 고만 장가들어라."

하고 살림도 내주고 해야 나도 좋을 것이 아니냐. 시치미를 딱 떼고 도리어 그런 소리가 나올까 봐서 지레 펄펄 뛰고 이 야단이다. 명색이 좋아 데릴사위지 일하기에 싱겁기도 할 뿐더러 이건 참 아무것도 아니다.

숙맥이 그걸 모르고 점순이의 키 자라기만 까맣게 기다리지 않았나.

언젠가는 하도 갑갑해서 자를 가지고 덤벼들어서 그 키를 한번 재볼까 했다마는, 우리는 장인님이 내외를 해야 한다고 해서 마주 서 이야기도 한마디 하는 법 없다. 우물길에서 어쩌다 마주칠

적이면 겨우 눈어림으로 재보곤 하는 것인데 그럴 적마다 나는 저만치 가서 '제에미 키두!' 하고 논둑에다 침을 퉤 뱉는다. 아무리 잘 봐야 내 겨드랑(다른 사람보다 좀 크긴 하지만) 밑에서 넘을락 말락 밤낮 요 모양이다.

개 돼지는 푹푹 크는데 왜 이리도 사람은 안 크는지, 한동안 머리가 아프도록 궁리도 해보았다. 아하, 물동이를 자꾸 이니까 뼈다귀가 움츠러드나보다, 하고 내가 넌짓 넌지시 그 물을 대신 길어도 주었다. 뿐만 아니라 나무를 하러 가면 서낭당에 돌을 올려놓고

"점순이의 키 좀 크게 해줍소사. 그러면 담엔 떡 갖다 놓고 고사드립죠니까."

하고 치성도 한두 번 드린 것이 아니다. 어떻게 돼먹은 킨지 이래도 막무가내니⋯⋯. 그래 내 어저께 싸운 것이지 결코 장인님이 밉다든가 해서가 아니다.

모를 붓다가 가만히 생각을 해보니까 또 싱겁다. 이 벼가 자라서 점순이가 먹고 좀 큰다면 모르지만 그렇지도 못할 걸 내 심어서 뭘 하는 거냐. 해마다 앞으로 축 불거지는 장인님의 아랫배(너무 먹는 걸 모르고 내병이라나, 그 배)를 불리기 위하여 심곤 조금도 싶지 않았다.

"아이구 배야!"

난 몰 붓다 말고 배를 쓰다듬으면서 그대루 논둑으로 기어올랐

다. 그리고 겨드랑에 꼈던 벼 담긴 키를 그냥 땅바닥에 털썩 떨어뜨리며 나도 털썩 주저앉았다. 일이 암만 바빠도 나 배 아프면 고만이니까. 아픈 사람이 누가 일을 하느냐. 파릇파릇 돋아오른 풀 한 줌을 뜯어들고 다리의 거머리를 쓱쓱 문대며 장인님의 얼굴을 쳐다보았다.

논 가운데서 장인님도 이상한 눈을 해가지고 한참 날 노려보더니,

"너 이자식, 왜 또 이래 응?"

"배가 좀 아파서유!"

하고 풀 위에 슬며시 쓰러지니까 장인님은 약이 올랐다. 저도 논에서 철벙철벙 둑으로 올라오더니 잡은 참 내 멱살을 움켜잡고 뺨을 치는 것이 아닌가.

"이자식아, 일허다 말면 누굴 망해놀 속셈이냐. 이 대가릴 까놀 자식!"

우리 장인님은 약이 오르면 이렇게 손버릇이 아주 못됐다. 또 사위에게 이자식 저자식 하는 이놈의 장인님은 어디 있느냐. 오죽해야 우리 동리에서 누굴 물론하고 그에게 욕을 안 먹는 사람은 명이 짧다 한다. 조그만 아이들까지도 그를 돌려세워 놓고 욕필이(본 이름이 봉필이니까) 욕필이 하고 손가락질을 할 만치 두루 인심을 잃었다. 허나 인심을 정말 잃었다면 욕보다 읍의 배 참봉댁 마름으로 더 잃었다. 본디 마름이란 욕 잘하고, 사람 잘 치

고, 그리고 생김 생기길 호박개 같아야 쓰는 거지만 장인님은 외양이 똑 됐다. 작인이 닭 마리나 좀 보내지 않는다든가 애벌논 때 품을 좀 안 준다든가 하면, 그해 가을에는 영락없이 땅이 뚝뚝 떨어진다. 그러면 미리부터 돈도 먹이고 술도 먹이고 안달재신으로 돌아치던 놈이 그 땅을 슬쩍 돌라 안는다. 이 바람에 장인님 집 외양간에는 눈깔 커다란 황소 한 놈이 절로 엉금엉금 기어들고, 동리 사람들은 그 욕을 다 먹어가면서도 그래도 굽실굽실 하는 게 아닌가.

그러나 내겐 장인님이 감히 큰소리할 계제가 못 된다.

뒷생각은 못하고 뺨 한 대를 딱 때려놓고는 장인님은 무색해서 덤덤히 쓴침만 삼킨다. 난 그 속을 퍽 잘 안다.

조금 있으면 갈도 꺾어야 하고, 모도 내야 하고, 한창 바쁜 때인데 나 일 안하고 우리집으로 그냥 가면 고만이니까.

작년 이맘 때도 트집을 좀 하니까 늦잠 잔다구 돌멩이를 집어던져서 자는 놈의 발목을 삐게 해놓았다. 사나흘씩이나 건성 끙끙 앓았더니 종당에는 거반 울상이 되지 않았던가.

"애, 그만 일어나 일 좀 해라. 그래야 올 갈에 벼 잘되면 너 장가들지 않니?"

그래 귀가 번쩍 뜨여서 그날로 일어나서 남이 이틀 품 들일 논을 혼자 삶아 놓으니까 장인님도 눈깔이 커다랗게 놀랐다. 그럼 정말로 가을에 와서 혼인을 시켜줘야 원 경우가 옳지 않겠나. 벼

섬을 척척 들여 쌓아도 다른 소리는 없고, 물동이를 이고 들어오는 점순이를 담배통으로 가리키며,

"이자식아, 미처 커야지. 조걸 데리구 무슨 혼인을 한다구 그러니 원!"

하고 남 낯짝만 붉혀주고 그만이다. 골김에 그저 이놈의 장인님, 하고 댓돌에다 메다꽂고 우리 고향으로 내뺄까 하다가 꾹꾹 참고 말았다.

참말이지 난 이 꼴 하고는 집으로 차마 못 간다. 장가를 들러갔다가 오죽 못났어야 그대로 쫓겨왔느냐고 손가락질을 받을 테니까.

논둑에서 벌떡 일어나 한풀 죽은 장인님 앞으로 다가서며,

"난 갈 테야유. 그동안 사경 쳐내슈."

"너 사위로 왔지, 어디 머슴 살러 왔니?"

"그러면 얼찐 성례를 해줘야 안 하지유. 밤낮 부려만 먹구 해준다, 해준다……."

"글쎄, 내가 안 하는 거냐, 그년이 안 크니까."

하고 어름어름 담배만 담으면서 늘 하는 소리를 또 늘어놓는다.

이렇게 따져나가면 언제든지 늘 나만 밑지고 만다. 이번엔 안 된다 하고 대뜸 구장님한테로 판단 가자고 소맷자락을 내끌었다.

"아, 이자식이 왜 이래 어른을!"

안 간다고 뻗디디고 이렇게 호령은 제맘대로 하지만 장인님 제

가 내 기운은 못 당한다. 막 부려먹고 딸은 안 주고, 게다 땅땅 치는 건 다 뭐야······.

그러나 내 사실 참, 장인님이 미워서 그런 것은 아니다. 그 전날, 왜 내가 새고개 맞은 봉우리 화전밭을 혼자 갈고 있지 않았느냐. 밭 가생이(가장자리)로 돌 적마다 야릇한 꽃내가 물컥물컥 코를 찌르고 머리 위에서 벌들은 가끔 봉봉 소리를 친다. 바위 틈에서 샘물 소리밖에 안 들리는 산골짜기니까 맑은 하늘의 봄볕은 이불 속같이 따스하고 꼭 꿈꾸는 것 같다. 나는 몸이 나른하고(몸살을 아직 모르지만) 병이 나려구 그러는지 가슴이 울렁울렁하고 이랬다.

"어러이! 말이! 맘 마 마······."

이렇게 노래를 하며 소를 부리면 여느 때 같으면 어깨가 으쓱으쓱한다. 웬일인지 밭을 반도 갈지 않아서 온몸의 맥이 풀리고 대고 짜증만 난다. 공연히 소만 들입다 두들기며,

"안야! 안야! 이 망할 자식의 소(장인님의 소니까), 대리를 꺾어 줄라."

그러나 내 속은 정말 안야 때문이 아니라 점심을 이고 온 점순이의 키를 보고 울화가 났던 것이다.

점순이는 뭐 그리 썩 이쁜 계집애는 못 된다. 그렇다구 또 개떡이냐 하면 그런 것도 아니고, 꼭 내 아내가 돼야 할 만치 그저 툽툽하게 생긴 얼굴이다. 나보다 십 년이 아래니까 올해 열여섯인

데, 몸은 남보다 두 살이나 덜 자랐다. 남은 잘도 훤칠히들 크건만 이건 위아래가 뭉툭한 것이 내 눈에는 헐없이 감참외 같다. 참외 중에는 감참외가 제일 맛좋고 이쁘니까 말이다. 둥글고 커단 눈은 서글서글하니 좋고 좀 짓쳐 찢어졌지만 입은 밥술이나 톡톡히 먹음직하니 좋다. 아따, 밥만 많이 먹게 되면 팔자는 고만 아니냐. 헌데 한 가지 파(흠집)가 있다면 가끔 가다 몸이(장인님은 이걸 채신이 없이 들까분다고 하지만) 너무 빨리빨리 논다. 그래서 밥을 나르다가 때없이 풀밭에다 깨빡을 쳐서 흙투성이 밥을 곧잘 먹인다. 안 먹으면 무안해 할까 봐서 이걸 씹고 앉았노라면 으적으적 소리만 나고 돌을 먹는 겐지 밥을 먹는 겐지.

그러나 이 날은 웬일인지 성한 밥째로 밭머리에 곱게 내려놓았다. 그리고 또 내외를 해야 하니까 저만큼 떨어져 이쪽으로 등을 향하고 웅크리고 앉아서 그릇 나기를 기다린다.

내가 다 먹고 물러섰을 때 그릇을 와서 챙기는데, 그런데 난 깜짝 놀라지 않았느냐. 고개를 푹 숙이고 밥함지에 그릇을 포개면서 날더러 들으라는지, 혹은 제 소린지,

"밤낮 일만 하다 말 텐가!"

하고 혼자서 쫑알거린다. 고대 잘 내외하다가 이게 무슨 소린가, 하고 난 정신이 얼떨떨했다. 그러면서도 한편 무슨 좋은 수나 있는가 싶어서 나도 공중을 대고 혼자말로,

"그럼 어떡해?"

하니까,

"성례시켜 달라지 뭘 어떡해……."

하고 되알지게 쏘아붙이고 얼굴이 빨개져서 산으로 그저 도망질을 친다.

나는 잠시 동안 어떻게 되는 셈판인지 맥을 몰라서 그 뒷모양만 덤덤히 바라보았다.

봄이 되면 온갖 초목이 물이 오르고 싹이 트곤 한다. 사람도 아마 그런가 보다 하고 며칠 내 부쩍(속으로) 자란 듯싶은 점순이가 여간 반가운 것이 아니다. 이런 걸 멀쩡하게 아직 어리다구 하니까…….

우리가 구장님을 찾아갔을 때 그는 싸리문 밖에 있는 돼지우리에서 죽을 퍼주고 있었다. 서울엘 좀 갔다오더니 사람은 점잖아야 한다구, 윗수염을(얼른 보면 지붕 위에 앉은 제비 꼬랑지 같다) 양쪽으로 빳죽이 뻗치고 그걸 에헴 하고 늘 쓰다듬는 손버릇이 있다.

우리를 멀뚱히 쳐다보고 미리 알아챘는지,

"왜 일들 허다 말구 그래?"

하더니 손을 올려서 그 에헴을 한번 후딱 했다.

"구장님! 우리 장인님과 츰(처음)에 계약하기를……."

먼저 덤비는 장인님을 뒤로 떠다밀고 내가 허둥지둥 달겨들다가 가만히 생각하고,

"아니, 우리 빙장님과 츰에."

하고 첫번부터 다시 말을 고쳤다. 장인님은 빙장님, 해야 좋아하고 밖에 나와서 장인님, 하면 괜스레 골을 내려고 든다. 뱀두 뱀이래야 좋냐구, 창피스러우니 남 듣는 데는 제발 빙장님, 빙모님 하라구 일상 당조짐을 받아오면서 난 그것도 자꾸 잊는다.

당장도 장인님, 하다 옆에서 내 발등을 꾹 밟고 곁눈질을 흘기는 바람에야 겨우 알았지만…….

구장님도 내 이야기를 자세히 듣더니 퍽 딱한 모양이었다. 하기야 구장님뿐만 아니라 누구든지 다 그럴 게다. 길게 길러둔 새끼손톱으로 코를 후벼서 저리 탁 튀기며,

"그럼, 봉필 씨! 얼른 성례를 시켜주구려. 그렇게까지 제가 하구 싶다는 걸……."

하고 내 짐작대로 말했다. 그러나 이 말에 장인님이 삿대질로 눈을 부라리고,

"아, 성례구 뭐구 계집애년이 미처 자라야 할 게 아닌가?"

하니까, 고만 멀쑤룩해서 입맛만 쩍쩍 다실 뿐이 아닌가.

"그것두 그래!"

"그래, 거진 사 년 동안에도 안 자랐다니 그 킨 은제 자라지유? 다 그만두구 사경 내슈……."

"글쎄, 이자식아! 내가 크질 말라구 그랬니, 왜 날보구 떼냐?"

"빙모님은 참새만한 것이 그럼 어떻게 앨 낳지유(사실 장모님은

점순이보다도 귀때기 하나가 작다)?"

　장인님은 이 말을 듣고 껄껄 웃더니(그러나 암만해두 돌 씹은 상이다) 코를 푸는 척하고 날 은근히 굻리려고 팔꿈치로 옆 갈비께를 퍽 치는 것이다. 더럽다. 나두 종아리의 파리를 쫓는 척하고 허리를 구부리며 어깨로 그 궁둥이를 콱 떼밀었다. 장인님은 앞으로 우찔근하고 싸리문께로 쓰러질 듯하다 몸을 바로 고치더니 눈총을 몹시 쏘았다. 이런 썽년의 자식, 하고 싶으나 남 앞이라니 차마 못하고 섰는 그 꼴이 보기에 퍽 쟁그라웠다.

　그러나 이 밖에는 별반 신통한 귀정을 얻지 못하고 도로 논으로 돌아와서 모를 부었다. 왜냐면 장인님이 뭐라고 귓속말로 수군수군하고 간 뒤다. 구장님이 날 위해서 조용히 데리고 아래와 같이 일러주었기 때문이다(뭉태의 말은 구장님이 장인님에게 땅 두 마지기 얻어부치니까 그래 꾀였다고 하지만 난 그렇게 생각 않는다).

　"자네 말두 하기야 옳지. 암, 나이 찼으니까 아들이 급하다는 게 잘못된 말은 아니야. 허지만 농사가 한창 바쁜 때 일을 안한다든가 집으로 달아난다든가 하면 손해죄루 그것두 징역을 가거든(여기에 그만 정신이 번쩍 났다)! 왜 요전에 삼포말서 산에 불 좀 놓았다구 징역간 거 못 봤나? 제 산에 불을 놓아도 징역을 가는 이땐데 남의 농사를 버려두니 죄가 얼마나 더 중한가. 그리고 자넨 정장을(사경 받으러 정장 가겠다 했다) 간대지만 그러면 괜스레 죄를 들쓰고 들어가는 걸세. 또 결혼두 그렇지. 법률에 성년이란

게 있는데 스물하나가 돼야지 비로소 결혼을 할 수가 있는 걸세. 자넨 물론 아들이 늦을 걸 염려하지만 점순이루 말하면 이제 겨우 열여섯이 아닌가. 그렇지만 아까 빙장님의 말씀이 올 갈에는 열 일을 제치고라두 성례를 시켜주겠다 하시니 좀 고마울 겐가. 빨리 가서 모 붓던 거나 마저 붓게. 군소리 말구 어서 가."

그래서 오늘 아침까지 끽 소리 없이 왔다.

장인님과 내가 싸운 것은 지금 생각하면 전혀 뜻밖의 일이라 안 할 수 없다.

장인님으로 말하면 요즈막 작인들에게 행세를 좀 하고 싶다고 해서, "돈 있으면 양반이지 별게 있느냐?" 하고 일부러 아랫배를 쑥 내밀고 걸음도 뒤틀리게 걷곤 하는 이판이다. 이까짓 나쯤 두 들기다 남의 땅을 가지고 모처럼 닦아놓았던 가문을 망친다든가 할 어른이 아니다. 또 나로 논지면 아무쪼록 잘 뵈서 점순이에게 얼른 장가를 들어야 하지 않느냐.

이렇게 말하자면 결국 어젯밤 뭉태네 집에 마슬간 것이 썩 나빴다. 낮에 구장님 앞에서 장인님과 내가 싸운 것을 어떻게 알았는지 대고 빈정거리는 것이 아닌가.

"그래 맞구두 그걸 가만둬?"

"그럼 어떡허니?"

"임마, 봉필일 모판에다 거꾸로 박아놓지 뭘 어떡해?"

하고 괜히 내 대신 화를 내가지고 주먹질을 하다 등잔까지 쳤다.

놈이 본시 괄괄은 하지만 그래놓고 날더러 석유값을 물라구 막 지다위를 붓는다. 난 어안이 벙벙해서 잠자코 앉았으니까 저만 연신 지껄이는 소리가,

"밤낮 일만 해주구 있을 테냐?"

"……."

"영득이는 일 년을 살구두 장갈 들었는데 넌 사 년이나 살구두 더 살아야 해?"

"……."

"네가 세 번째 사윈 줄이나 아니, 세 번째 사위?"

"……."

"남의 일이라두 분하다, 이자식아. 우물에 가 빠져 죽어."

나중에는 겨우 손톱으로 목을 따라고까지 하고, 제 아들같이 함부로 욱대겼다. 별의별 소리를 다 해서 그대로 옮길 수는 없으나 그 줄거리는 이렇다.

우리 장인님이 딸이 셋이 있는데 맏딸은 재작년 가을에 시집을 갔다. 정말은 시집을 간 것이 아니라 그 딸도 데릴사위를 해가지고 있다가 내보냈다. 그런데 딸이 열 살 때부터 열아홉, 즉 십 년 동안에 데릴사위 갈아들이기를, 동리에선 사위 부자라고 이름이 났지마는 열 놈이란 참 너무 많다. 장인님이 아들은 없고 딸만 있는 고로, 그 다음 딸을 데릴사위를 해올 때까지는 부려먹지 않으면 안 된다. 물론 머슴을 두면 좋지만 그건 돈이 드니까, 일 잘하

는 놈을 고르느라고 연방 바꿔들였다. 또 한편 놈들이 욕만 줄창 퍼붓고 심히도 부려먹으니까 밸이 상해서 달아나기도 했겠지. 점순이는 둘째 딸인데 내가 일테면 그 세 번째 데릴사위로 들어온 셈이다. 내 담으로 네 번째 놈이 들어올 것을, 내가 일도 참 잘하고 그리고 사람이 좀 어수룩하니까 장인님이 잔뜩 붙들고 놓질 않는다. 셋째 딸이 인제 여섯 살, 적어도 열 살은 돼야 데릴사위를 할 터이므로 그 동안은 죽도록 부려먹어야 된다. 그러니 인제는 속 좀 차리고 장가를 들여달라구 떼를 쓰고 나자빠져라, 이것이다.

나는 건으로 엉, 엉 하며 귓등으로 들었다. 뭉태는 땅을 얻어 부치다가 떨어진 뒤로는 장인님만 보면 공연히 못 먹어서 으릉거린다. 그것도 장인님이 저 달라고 할 적에 제 집에서 위한다는 그 감투(예전에 원님이 쓰던 것이라나, 옆고리에 뽕뽕 좀먹은 걸레)를 선뜻 주었더면 그럴 리도 없었던 걸…….

그러나 나는 뭉태란 놈의 말을 전수이 곧이듣지 않았다. 꼭 곧이들었다면 간밤에 와서 장인님과 싸웠지 무사히 있었을 리가 없지 않은가. 그러면 딸에게까지 인심을 잃은 장인님이 혼자 나빴다.

실토이지, 나는 점순이가 아침 상을 가지고 나올 때까지는 오늘은 또 얼마나 밥을 담았나, 하고 이것만 생각했다. 상에는 된장찌개하고 간장 한 종지, 조밥 한 그릇 그리고 밥보다 더 수북하게

담은 산나물이 한 대접, 이렇다. 나물은 점순이가 틈틈이 해오니까 두 대접이고 네 대접이고 멋대로 먹어도 좋으나 밥은 장인님이 한 사발 외엔 더 주지 말라고 해서 안 된다. 그런데 점순이가 그 상을 내 앞에 내려놓으며 제 말로 지껄이는 소리가,

"구장님한테 갔다 그냥 온담그래?"

하고 엊그제 산에서와 같이 되우 쫑알거린다. 딴은 내가 더 단단히 덤비지 않고 만 것이 좀 어리석었나, 속으로 그랬나. 나도 저쪽 벽을 향하여 외면하면서 내 말로,

"안 된다는 걸 그럼 어떡헌담!"

하니까,

"쉼(수염)을 잡아채지 그냥 둬, 이 바보야!"

하고 또 얼굴이 빨개지면서 성을 내며 안으로 샐쭉하니 튀들어가지 않느냐. 이때 아무도 본 사람이 없었게 망정이지 보았다면 내 얼굴이 에미 잃은 황새 새끼처럼 가엾다 했을 것이다.

사실 이때만치 슬펐던 일이 또 있었는지 모른다. 다른 사람은 암만 못생겼다 해두 괜찮지만 내 아내 될 점순이가 병신으로 본다면 참 신세는 따분하다. 밥을 먹은 뒤 지게를 지고 일터로 가려하다 도로 벗어던지고 바깥 마당 공석 위에 드러누워서 나는 차라리 죽느니만 같지 못하다 생각했다.

내가 일 안하면 장인님 저는 나이가 먹어 못하고 결국 농사 못 짓고 만다. 뒷짐으로 트림을 꿀꺽 하고 대문 밖으로 나오다 날 보

고서,

"이자식아, 너 왜 또 이러니."

"관격이 났어유, 아이구 배야!"

"기껀 밥 처먹구 나서 무슨 관격이야, 남의 농사 버려주면 이자식아, 징역 간다 봐라!"

"가두 좋아유, 아이구 배야!"

참말 난 일 안해서 징역 가도 좋다 생각했다. 일후 아들을 낳아도 그 앞에서 바보, 바보, 이렇게 별명을 들을 테니까 오늘은 열쪽이 난대도 결정을 내고 싶었다.

봄
봄

장인님이 일어나라고 해도 내가 안 일어나니까 눈에 독이 올라서 저편으로 횡하게 가더니 지게 작대기를 들고 왔다. 그리고 그걸로 내 허리를 마치 돌 떠넘기듯이 쿡 찍어서 넘기고 넘기고 했다. 밥을 잔뜩 먹어 딱딱한 배가 그럴 적마다 둥겨지면서 밸창이 꼿꼿한 것이 여간 켕기지 않았다. 그래도 안 일어나니까 이번에는 배를 지게 작대기로 위에서 쿡쿡 찌르고 발길로 옆구리를 차고 했다. 장인님은 원체 심성이 궂어서 그렇지만 나도 저만 못하지 않게 배를 채였다. 아픈 것을 눈을 꽉 감고 넌 해라 난 재밌단 듯이 있었으나 볼기짝을 후려갈길 적에는 나도 모르는 결에 벌떡 일어나서 그 수염을 잡아챘다마는, 내 골이 난 것이 아니라 정말은 아까부터 벽 뒤 울타리 구멍으로 점순이가 우리들의 꼴을 몰래 엿보고 있었기 때문이다.

가뜩이나 말 한마디 똑똑히 못한다고 바보라는데 매까지 잠자코 맞는 걸 보면 짜장 바보로 알 게 아닌가. 또 점순이도 미워하는 이까짓 놈의 장인님하곤 아무것도 안 되니까 막 때려도 좋지만 사정 보아서 수염만 채고(제 원대로 했으니까 이때 점순이는 퍽 기뻤겠지) 저기까지 잘 들리도록,

"이걸 까셀라부다!"

하고 소리를 쳤다.

장인님은 더 약이 바짝 올라서 잡은 참지게 작대기로 내 어깨를 그냥 내려갈겼다. 정신이 다 아찔하다. 다시 고개를 들었을 때 그때엔 나도 온몸에 약이 올랐다. 이녀석의 장인님을, 하고 눈에서 불이 퍽 나서 그 아래 밭 있는 넝 아래로 그대로 떠밀어 굴려버렸다. 조금 있다가 장인님이 씩씩 하고 한번 해보려고 기어오르는 걸 얼른 또 떠밀어 굴려버렸다.

기어오르면 굴리고 굴리면 기어오르고 이러길 한 너덧 번을 하며 그럴 적마다,

"부려만 먹구 왜 성례 안하지유!"

나는 이렇게 호령했다. 하지만 장인님이 선뜻 오냐 낼이라두 성례시켜주마, 했으면 나도 성가신 걸 그만두었을지 모른다. 나야 이러면 때린 건 아니니까 나중에 장인 쳤다는 누명도 안 들을 터이고 얼마든지 해도 좋다.

한번은 장인님이 헐떡헐떡 기어서 올라오더니 내 바짓가랑이를

요렇게 노리고서 단박 움켜잡고 매달렸다. 악, 소리를 치고 나는 그만 세상이 팽그르 도는 것이,

"빙장님! 빙장님! 빙장님!"

"이자식! 잡아먹어라, 잡아먹어!"

"아! 아! 할아버지! 살려줍쇼, 할아버지!"

하고 두 팔을 허둥지둥 내저을 적에는 이마에 진땀이 쭉 내솟고 인젠 참으로 죽나 보다 했다. 그래두 장인님은 놓질 않더니 내가 기어이 땅바닥에 쓰러져서 거진 까무러치게 되니까 놓는다. 더럽다, 더럽다. 이게 장인님인가? 나는 한참을 못 일어나고 쩔쩔맸다. 그러다 얼굴을 드니(눈에 참 아무것도 보이지 않았다) 사지가 부르르 떨리면서 나도 엉금엉금 기어가 장인님의 바짓가랑이를 꽉 움키고 잡아낚았다.

내가 머리가 터지도록 매를 얻어맞은 것이 이 때문이다. 그러나 여기가 또한 우리 장인님이 유달리 착한 곳이다. 여느 사람이면 사경을 주어서라도 당장 내쫓았지 터진 머리를 불솜으로 손수 지져주고, 호주머니에 희연 한 봉을 넣어 주고 그리고,

"올 갈엔 꼭 성례를 시켜주마. 암말 말구 가서 뒷골의 콩밭이나 얼른 갈아라."

하고 등을 두드려 줄 사람이 누구냐.

나는 장인님이 너무나 고마워서 어느덧 눈물까지 났다. 점순이를 남기고 인젠 내쫓기려니 하다 뜻밖의 말을 듣고,

봄
봄

"빙장님! 인제 다시는 안 그러겠어유!"

이렇게 맹세를 하며 부랴부랴 지게를 지고 일터로 갔다. 그러나 이때는 그걸 모르고 장인님을 원수로만 여겨서 잔뜩 잡아당겼다.

"아! 아! 이놈아! 놔라, 놔."

장인님은 헛손질을 하며 솔개미에 챈 닭의 소리를 연해 질렀다. 놓긴 왜, 이왕이면 호되게 혼을 내주리라 생각하고 짓궂이 더 당겼다마는 장인님은 땅에 쓰러져서 눈에 눈물이 피잉 도는 것을 알고 좀 겁도 났다.

"할아버지! 놔라, 놔, 놔, 놔, 놔."

그래도 안 되니까,

"애, 점순아! 점순아!"

이 악장에, 안에 있었던 장모님과 점순이가 헐레벌떡하고 단숨에 뛰어나왔다.

나의 생각에 장모님은 제 남편이니까 역성을 할는지도 모른다. 그러나 점순이는 내 편을 들어서 속으로 고소해 하겠지……. 대체 이게 웬 속인지(지금까지도 난 영문을 모른다), 아버질 혼내주기는 제가 내래놓고 이제 와서는 달겨들며,

"에그머니! 이 망할 게 아버지 죽이네!"

하고 내 귀를 뒤로 잡아당기며 마냥 우는 것이 아니냐. 그만 여기에 기운이 탁 꺾이어 나는 얼빠진 등신이 되고 말았다. 장모님도 덤벼들어 한 쪽 귀마저 뒤로 잡아채면서 또 우는 것이다.

이렇게 꼼짝도 못하게 해놓고 장인님은 지세 작대기를 들어서 사뭇 내려제겼다. 그러나 나는 구태여 피하려지도 않고 암만해도 그 속 알 수 없는 점순이의 얼굴만 멀거니 들여다보았다.

"이자식! 장인 입에서 할아버지 소리가 나오도록 해?"

봄
봄

금 따는 콩밭

금 따는 콩밭

땅 속 저 밑은 늘 음침하다.

고달픈 간드렛불. 맥없이 푸르끼하다.

밤과 달라서 낮엔 되우 흐릿하였다.

겉으로 황토 장벽으로 앞뒤 좌우가 콕 막힌 좁직한 구덩이. 흡사히 무덤 속같이 귀중중하다. 싸늘한 침묵. 구터브레 흙내와 징그러운 냉기만이 그 속에 자욱하다.

곡괭이는 뻔질 흙을 이르집는다. 암팡스러이 내려쪼며,

'퍽 퍽 퍼억.'

이렇게 메떨어진 소리뿐. 그러나 간간 우수수 하고 벽이 헐린다.

영식이는 일손을 놓고 소맷자락을 끌어당기어 얼굴의 땀을 훑는다. 이놈의 술이 언제나 잡힐는지 기가 찼다. 흙 한 줌을 집어 코밑에 바짝 들여대고 손가락으로 샅샅이 뒤져본다. 완연히 버력은 좀 변한 듯싶다. 그러나 불통버력이 아주 다 풀린 것도 아니었다. 밑둥버력이라야 금이 온다는데, 왜 이리 안 나오는지.

곡괭이를 다시 집어든다. 땅에 무릎을 꿇고 궁둥이를 번쩍 든 채 식식거린다. 곡괭이를 무작정 내려찍는다. 바닥에서 물이 스미어 무르팍이 흥건히 젖었다. 굿 엎은 천판에서 흙방울은 내리며 목덜미로 굴러든다. 어떤 때에는 윗벽의 한쪽이 떨어지며 등을 탕 때리고 부서진다.

그러나 그는 눈도 하나 깜짝하지 않는다. 금을 캔다고 콩밭 하나를 다 잡쳤다. 약이 올라서 죽을 둥 살 둥 눈이 뒤집힌 이판이다. 손바닥에 침을 탁 뱉고 곡괭이 자루를 한번 꼬나잡더니 쉴 줄 모른다.

등뒤에서는 흙 긁는 소리가 드윽드윽 난다. 아직도 버력을 다 못 친 모양. 이자식이 일을 하나 시졸 하나. 남은 속이 바직바직 타는데 웬 뱃심이 이리도 좋아.

영식이는 살기 띤 시선으로 고개를 돌렸다. 암말 없이 수재를 노려본다. 그제야 꾸물꾸물 바지게에 흙을 담고 등에 메고 사다리를 올라간다.

굿이 풀리는지 벽이 움찔하였다. 흙이 부서져 내린다. 전날이라면 이 곳에서 안 해 한번 못하고 생죽음이나 안 할까 털끝까지 쭈

볏할 게다. 그러나 이젠 그렇게 되고도 싶다. 수재란 놈하고 흙더미에 묻히어 한꺼번에 죽는다면 그게 오히려 날 게다.

이렇게까지 몹시몹시 미웠다. 이놈 풍치는 바람에 애꿎은 콩밭 하나만 결단을 냈다. 뿐만 아니라 모두 다 낭패다. 세 벌 논도 못 맸다. 논둑의 풀은 성큼 자란 채 어지러이 널려 있다. 이 기미를 알고 지주는 대노하였다. 내년부터는 농사 지을 생각을 말라고 발을 굴렀다. 땅은 암반을 파도 지수가 없나. 이만해도 나섯 길을 훨씬 넘었으리라. 좀더 지펴야 옳을지, 혹은 북으로 밀어야 옳을지, 우두커니 망설거린다. 금점 일에는 푸뜸이다. 입때껏 수재의 지휘를 받아 일을 하여 왔고, 앞으로도 역시 그러해야 금을 딸 것이다. 그러나 그런 칙칙한 짓은 안 한다.

"이리 와, 이것 좀 파게."

그는 어쓴 위풍을 보이며 이렇게 분부하였다. 그리고 저는 일어나 손을 털며 뒤로 물러선다.

수재는 군말 없이 고분하였다. 시키는 대로 땅에 무릎을 꿇고 벽채로 군버력을 긁어낸 다음 다시 파기 시작한다.

영식이는 치다 나머지 버력을 짊어진다. 커다란 걸대를 뒤툭거리며 사다리로 기어오른다. 굿문을 나와 버력더미에 흙을 마악 내치려 할 제,

"왜 또 파. 이것들이 미쳤나그래!"

산에서 내려오는 마름과 맞닥뜨렸다. 정신이 떠름하여 그대로

벙벙히 섰다. 오늘은 또 무슨 포악을 들으려는가.

"말라니까 왜 또 파는 게야."

하고 영식이의 바지게 뒤를 지팡이로 콱 찌르더니,

"갈아먹으라는 밭이지 흙 쓰고 들어가라는 거야, 이 미친 것들아. 콩밭에서 웬 금이 나온다구 이 지랄들이야그래."

하고 목에 핏대를 올린다. 밭을 버리면 간수 잘못한 자기 탓이다. 날마다 와서 그 북새를 피고 금하여도, 담날 보면 또 여전히 파는 것이다.

"오늘로 이 구뎅이를 도로 묻어놔야지, 아니면 낼로 당장 징역 갈 줄 알게."

너무 감정에 격하여 말도 잘 안 나오고 떠듬떠듬거린다. 주먹은 곧 날아들 듯이 허구리께서 불불 떤다.

"오늘만 좀 해보고 고만두겠어유."

영식이는 낯이 붉어지며 가까스로 한마디하였다. 그리고 무턱대고 빌었다. 마름은 들은 척도 안 하고 가버린다. 그 뒷모양을 영식이는 멀거니 배웅하였다. 그러나 콩밭 낯짝을 들여다보니 무던히 애통 터진다. 멀쩡한 밭에 구멍이 사면 풍풍 뚫렸다.

예제 없이 버력은 무더기무더기 쌓였다. 마치 사태 만난 공동묘지와도 같이 귀살적고 되우 을씨넌스럽다. 그다지 잘되었던 콩포기는 거반 버력더미에 다 깔려버리고 군데군데 어쩌다 남은 놈들만이 고개를 나풀거린다. 그 꼴을 보는 것도 자식 죽는 걸 보는

게 낫지 차마 못할 경상이었다. 농토는 모조리 떨어질 것이다. 그러나 대관절 올 밭도지 벼 두 섬 반은 뭘로 해내야 좋을지. 게다밭을 망쳤으니 자칫하면 징역을 갈는지도 모른다. 영식이가 구덩이 안으로 들어왔을 때 동무는 땅에 주저앉아 쉬고 있었다. 태연무심히 담배만 뻑뻑 피는 것이다.

"언제나 줄을 잡는 거야."

"인제 차차 나오셌지."

"인제 나온다."

하고 코웃음치고 엇먹더니 조금 지나매,

"이 새끼."

흙덩이를 집어들고 골통을 내려친다.

수재는 어쿠 하고 그대로 폭 엎드린다. 그러나 벌떡 일어선다. 눈에 띄는 대로 곡괭이를 잡자 대뜸 달려들었다. 그러나 강약이 부동. 왁살스러운 팔뚝에 튕겨져 벽에 가서 쿵 하고 떨어졌다. 그 순간에 제가 빼앗긴 곡괭이가 정백이를 겨누고 날아드는 걸 보았다. 고개를 홱 돌린다. 곡괭이는 흙벽을 퍽 찍고 다시 나간다.

수재 이름만 들어도 영식이는 이가 갈렸다. 분명히 홀딱 속은 것이다.

영식이는 본디 금전에 이력이 없었다. 그리고 홍미도 없었다. 다만 밭고랑에 웅크리고 앉아서 땀을 흘려가며 꾸벅꾸벅 일만 하

였다. 올엔 콩도 뜻밖에 잘 열리고 남이 좀 놓였다. 하루는 홀로 김을 매고 있노라니까,

"여보게, 덥지 않은가. 좀 쉬었다 하게."

고개를 들어보니 수재다. 농사는 안 짓고 금점으로만 돌아다니더니 무슨 바람에 또 왔는지 싱글벙글한다. 좋은 수나 걸렸다 하고,

"돈 좀 많이 벌었나. 나 좀 꿔주게."

"벌구말구, 맘껏 먹고 맘껏 쓰고 했네."

술에 거나한 얼굴로 신껏 주적거린다. 그리고 밭머리에 쭈그리고 앉아 한참 객설을 부리더니,

"자네, 돈벌이 좀 안할려나. 이 밭에 금이 묻혔네, 금이."

"뭐?"

하니까, 바로 이 산 너머 큰골에 광산이 있다. 광부를 삼백여 명이나 부리는 노다지판인데 매일 소출되는 금이 칠십 냥을 넘는다. 돈으로 치면 칠천 원. 그 줄맥이 큰 산허리를 뚫고 이 콩밭으로 뻗어 나왔다는 것이다. 둘이서 파면 불과 열흘 안에 줄을 잡을 게고, 적어도 하루 서너 돈씩은 따리라. 우선 삼십만 원만 해도 얼마냐. 소를 산대도 만 필이 아니냐고. 그러나 영식이는 귀담아듣지 않았다. 금점이란 칼 물고 뜀뛰기다. 잘되면이거니와 못 되면 신세만 조진다. 이렇게 전일부터 들은 소리가 있어서였다. 그 담날도 와서 꾀송거리다 갔다.

셋째 번에는 집으로 찾아왔는데 막걸리 한 병을 손에 떡 들고 영을 피운다. 몸이 달아서 또 온 것이다. 봉당에 걸터앉아서 저녁상을 물끄러미 바라보더니 조당수는 몸을 훑는다는 둥 일꾼은 든든히 먹어야 한다는 둥 남들은 논을 사느니 밭을 사느니 떠드는데 요렇게 지내다 그만둘 테냐는 둥 일쩝게 지껄인다.

"아주머니, 이것 좀 먹게 해주시게유."

그리고 비로소 영식이 아내에게 술병을 내놓는다. 그들은 밥상을 끼고 앉아서 즐겁게 술을 마셨다. 몇 잔이 들어가고 보니 영식이의 생각도 적이 돌아섰다. 딴은 일 년 고생하고 끽 콩 몇 섬 얻어먹느니보다는 금을 캐는 것이 슬기로운 짓이다. 하루에 잘만 캔다면 한 해 줄곧 공들인 그 수확보다 훨씬 이익이다. 올봄 보낼 제 비료값, 품삯, 빚해 빚진 칠 원 까닭에 나날이 졸리는 이판이다. 이렇게 지지하게 살고 말 바에는 차라리 가로지나 세로지나 사내자식이 한번 해볼 것이다.

"내일부터 우리 파보세. 돈만 있으면이야 그까짓 콩은……."

수재가 안달스레 재우쳐 보채일 제 선뜻 응낙하였다.

"그래보세. 빌어먹을 거 안 됨 고만이지."

그러나 꽁무니에서 죽을 마시고 있던 아내가 허구리를 쿡쿡 찔렀게 망정이지 그렇지 않았다면 좀 주저할 뻔도 하였다.

아내는 아내대로의 심이 빨랐다. 시체는 금점이 판을 잡았다. 섣부르게 농사만 짓고 있다간 결국 비렁뱅이밖에는 더 못 된다.

얼마 안 있으면 산이고 논이고 밭이고 할 것 없이 다 금쟁이 손에 구멍이 뚫리고, 뒤집히고 뒤죽박죽이 될 것이다. 그때는 뭘 파먹고 사나. 자, 보아라. 머슴들은 짜위나 한 듯이 일하다 말고 후딱하면 금점으로들 내빼지 않는가. 일꾼이 없어서 올엔 농사를 질수 없으니 마느니 하고 동리에서는 떠들썩하다. 그리고 번동 포농이 쫓아 호미를 내어던지고 강변으로 개울로 사금을 캐러 달아난다. 그러나 며칠 뒤에는 다비신에다 옥당목을 떨치고 히짜를 뽑는 것이 아닌가. 아내는 콩밭에서 금이 날 줄은 아주 꿈 밖이었다. 놀라고도 또 기뻤다. 올해는 노상 침만 삼키던 그놈 코다리(명태)를 짜장 먹어보겠구나. 생각만 하여도 속이 메질 듯이 짜릿하였다. 뒷집 양근댁이 금점 덕택에 남편이 사다준 흰 고무신을 신고 나릿나릿 걷는 것이 무척 부러웠다. 저도 얼른 금이나 펑펑 쏟아지면 흰 고무신도 신고 얼굴에 분도 바르고 하리라.

"그렇게 해보지 뭐. 저 양반 하잔 대로만 하면 어련히 잘 될라구."

얼뚤하여 앉았는 남편을 이렇게 추겼던 것이다.

동이 트기 무섭게 콩밭으로 모였다. 수재는 진언이나 하는 듯이리 대고 중얼거리고 저리 대고 중얼거리고 하였다. 그리고 덤벙거리며 이리 왔다가 저리 왔다가 하였다. 제딴은 땅 속에 누운 줄맥을 어림하여 보는 맥이었다.

한참을 밭을 헤매다가 산쪽으로 붙은 한 구석에 딱 서며 손가락을 펴들고 설명한다. 큰 줄이란 본시 산운 산을 끼고 도는 법이다. 이 줄이 노다지임에는 필시 이켠으로 비스듬히 누웠으리라. 그러니 여기서부터 파들어가자는 것이다.

영식이는 그 말이 무슨 소린지 새기지는 못했지마는, 금점에는 난다는 수재이니 그 말대로 하기만 하면 영락없이 금퇴야 나겠지 하고 그것만 꼭 믿었다. 군말 없이 지시해 받은 곳에다 삽을 푹 꽂고 파헤치기 시작하였다.

금도 금이면 애써 키워온 콩도 콩이었다. 거진 다 자란 허울 멀쑥한 놈들이 삽 끝에 으스러지고 흙에 묻히고 하는 것이다. 그걸 보는 것은 썩 속이 아팠다. 애틋한 생각이 물밀 때 가끔 삽을 놓고 허리를 구부려서 콩잎의 흙을 털어주기도 하였다.

"아, 이 사람아. 맥쩍게 그건 봐 뭘 해. 금을 캐자니깐."

"아니야, 허리가 좀 아파서!"

핀잔을 얻어먹고는 좀 열쩍었다. 하기는 금만 잘 터져나오면 이까짓 콩밭쯤이야. 이 밭을 풀어 논도 만들 수 있을 것이다. 눈을 감아버리고 삽의 흙을 아무렇게나 콩잎 위로 홱홱 내어던진다.

"구구루 땅이나 파먹지 이게 무슨 지랄들이야!"

동리 노인은 뻔질 찾아와서 귀거친 소리를 하곤 하였다.

밭에 구멍을 셋이나 뚫었다. 그리고 대구 뚫는 길이었다. 금인가 난장을 맞을 건가 그것 때문에 농군은 버렸다. 이게 필연코 세상이 망하려는 징조이리라. 그 소중한 밭에다 구멍을 뚫고 이 지랄이니 그놈이 온전할 겐가.

노인은 제풀 화에 지팡이를 들어 삿대질을 아니할 수 없었다.

"벼락맞느니, 벼락맞어."

"염려 말아유. 누가 알래지유."

영식이는 그럴 적마다 데퉁스레 쏘았다. 골김에 흙을 되는 대로 내꽂지고는 침을 탁 뱉고 구덩이로 들어간다. 그러나 마음 한 구석에는 언제나 끄응 하였다. 줄을 찾는다고 콩밭을 통히 뒤집어 놓았다. 그리고 줄이 언제나 나올지 아직 까맣다. 논도 못 매고 물도 못 보고 벼가 어이 되었는지 그것조차 모른다. 밤에는 잠이 안 와 멀뚱하니 애를 태웠다.

수재는 낙담하는 기색도 없이 늘 하냥이었다. 땅에 웅숭그리고 시적시적 노량으로 땅만 판다.

"줄이 꼭 나오겠나?"

하고 목이 말라서 물으면,

"이번에 안 나오거든 내 목을 비게."

서슴지 않고 장담을 하고는 꿋꿋하였다. 이걸 보면 영식이도 마음이 좀 놓이는 듯싶었다. 전들 금이 없으면 무슨 멋으로 이 고생을 하랴. 반드시 금은 나올 것이다. 그제서는 이왕 손해는 하릴없거니와 고만두리라는 절망이 스스로 사라지고 다시금 주먹이 쥐어지는 것이었다.

캄캄하게 밤은 어두웠다. 어디선가 뭇개가 요란히 짖어대인다.

남편은 진흙투성이를 하고 산에서 내려왔다. 풀이 죽어서 몸을 잘 가누지도 못하고 아랫목에 축 늘어진다.

이 꼴을 보니 아내는 맥이 다시 풀린다. 오늘도 또 글렀구나. 금이 터지면은 집을 한 채 사간다고 자랑을 하고 왔더니 이내 헛일이었다. 인제 좌지가 나서 낯을 들고 나갈 염의조차 없어졌다.

남편에게 저녁을 샀다주고 딱하게 바라본다.

"인젠 꿔온 양식도 다 먹었는데……."

"새벽에 산제를 좀 지낼 텐데 한 번만 더 꿔와."

남의 말에는 대답 없고 유하게 흘게 늦은 소리뿐 그리고 드러누운 채 눈을 지그시 감아버린다.

"죽거리두 없는데 산제는 무슨……."

"듣기 싫어. 요망맞은 년 같으니."

이 호통에 아내는 고만 멈찔하였다. 요즘 와서는 무턱대고 공연스레 골만 내는 남편이 영 딱하였다. 환장을 하는지 밤잠도 아니 자고 소리만 빽빽 지르며 덤벼들려고 한다. 심지어 어린 것이 좀 울어도 이자식 갖다내꾼지라고 북새를 피는 것이다.

저녁을 아니 먹으므로 그냥 치워버렸다. 남편의 영을 거역키 어려워 양근댁한테로 또다시 안 갈 수 없다. 그간 양식은 줄곧 꾸어다 먹고 갚지도 못하였는데, 또 무슨 면목으로 입을 벌릴지 난처한 노릇이었다.

그는 생각다 끝에 있는 염치를 보째 쏟아던지고 다시 한번 찾아가는 것이지마는 딱 맞닥뜨리어 입을 열고,

"낼 산제를 지낸다는데 쌀이 있어야지유."

하자니 영 낯이 화끈하고 모닥불이 날아든다.

그러나 그들은 어지간히 착한 사람이었다.

"암 그렇지요. 산신이 벗나면 죽도 글릅니다."

하고 말을 받으며 그 남편은 빙그레 웃는다. 워낙이 금점에 장구 닳아난 몸인 만치 이런 일에는 적잖이 속이 트였다. 손수 쌀 닷 되를 떠다주며,

"산제란 안 지냄 몰라두 이왕 지낼려면 아주 정성껏 해야 됩니다. 산신이란 노하길 잘하니까유."

하고 그 비방까지 깨처 보낸다.

쌀을 받아들고 나오며 영식이 처는 고마움보다 먼저 미안에 질리어 얼굴이 다시 빨갰다. 그리고 그들 부부 살아가는 살림이 참으로 참으로 몹시 부러웠다. 양근댁 남편은 날마다 금점으로 감돌며 버력더미를 뒤지고 토록을 주워온다. 그걸 온종일 장판돌에다 갈면 수가 좋으면 이삼 원, 옥아도 칠팔십 전 꼴은 매일 심이 되는 것이었다. 그러면 쌀을 산다, 피륙을 끊는다, 떡을 한다, 장리를 놓는다 —— 그런데 우리는 왜 늘 요꼴인지 생각만 하여도 가슴이 메이는 듯 맥맥한 한숨이 연발을 하는 것이었다.

아내는 집에 돌아와 떡쌀을 담갔다. 낼은 뭘로 죽을 쑤어 먹을

는지. 윗목에 웅크리고 앉아서 맞은쪽에 자빠져 있는 남편을 곁눈으로 살짝 할퀴어본다. 남들은 돌아다니며 잘도 금을 주워오련만 저 망나니, 제 밭 하나를 다 버려도 금 한 톨 못 주워오나. 에에, 변변치도 못한 사나이. 저도 모르게 얕은 한숨이 거푸 두 번을 터진다.

밤이 이슥하여 그들 양주는 떡을 하러 나왔다. 남편은 절구에 쿵쿵 빻았다. 그러나 체가 없다. 동리로 돌아다니며 빌려오느라고 아내는 다리에 불풍이 났다.

"왜 이리 앉았수. 불 좀 지피지."

떡을 찧다가 얼이 빠져서 멍하니 앉았는 남편이 밉살스럽다. 남은 이래저래 애를 죄는데 저건 무슨 생각을 하고 저리 있는건지. 낫으로 삭정이를 탁탁 조져서 던져주며 아내는 은근히 후딱이었다. 닭이 두 홰를 치고 나서야 떡은 되었다. 아내는 시루를 이고 남편은 겨드랑이에 자리때기를 꼈다. 그리고 캄캄한 산길을 올라간다.

비탈길을 얼마 올라가서야 콩밭은 놓였다. 전면이 우뚝한 검은 산에 둘리어 막힌 곳이었다. 가생이로 느티, 대추나무들은 머리를 풀었다. 밭머리 조금 못미처 남편은 걸음을 멈추고 뒤의 아내를 돌아본다.

"인내, 그리고 여기 가만히 섰어."

시루를 받아 한 팔로 껴안고 그는 혼자서 콩밭으로 올라섰다.

앞에 쌓인 것이 모두 흙더미, 그 흙더미를 마악 돌아서려 할 제
아마 돌을 찼나보다. 몸이 쓰러지려고 우찔근하니 아내가 기겁을
하여 뛰어오르며 그를 부축하였다.

"부정타라구 왜 올라와, 요망맞은 년."

남편은 몸을 고루 잡자 소리를 뻑 지르며 아내 얼뺨을 붙인다.
가뜩이나 죽으라 죽으라 하는데 불길하게도 계집년이. 그는 마뜩
지 않게 두덜거리며 밭으로 들어간다. 밭 한가운데다 자리를 펴
고 그 위에 시루를 놓았다. 그리고 시루 앞에다 공손하고 정성스
레 재배를 커다랗게 한다.

"우리를 살펴줍시사. 산신께서 거들어주지 않으면 저희는 죽을
밖에 꼼짝할 수 없습니다유."

그는 손을 모으고 이렇게 축원하였다.

아내는 이 꼴을 바라보며 독이 뾰록같이 올랐다. 금점을 합네
하고 금 한 톨 못 캐는 것이 버릇만 점점 글러간다. 그전에는 없
더니 요새로 건듯하면 탕탕 때리는 못된 버릇이 생긴 것이다. 금
을 캐랬지 뺨을 치랬나. 제발 덕분에 고놈의 금 좀 나오지 말았으
면. 그는 뺨 맞은 앙심으로 맘껏 방자하였다.

하긴 아내의 말 그대로 되었다. 열흘이 썩 넘어도 산신은 깜깜
무소식이었다. 남편은 밤낮으로 눈을 까뒤집고 구덩이에 묻혀 있
었다. 어쩌다 집엘 내려오는 때이면 얼굴이 헐떡하고 어깨가 축
늘어지고 거반 병객이었다. 그리고서 잠자코 커다란 몸집을 방고

래에다 큉, 하고 내던지고 하는 것이다.

"제어미 붙을, 죽어나 버렸으면."

혹은 이렇게 탄식하기도 하였다.

아내는 바가지에 점심을 이고서 집을 나섰다. 젖먹이는 등을 두드리며 좋다고 끽끽거린다.

이젠 흰 고무신이고 코다리고 생각조차 물렸다. 그리고 금 하는 소리만 들어도 입에 신물이 날 만큼 되었다. 그건 고사하고 꿔다 먹은 양식에 졸리지나 말았으면 그만도 좋으리마는.

가을은 논으로 밭으로 누렇게 내리었다. 농군들은 기꺼운 낯을 하고 서로 만나면 흥겨운 농담, 그러나 남편은 앰한 밭만 망치고 논조차 건살 못하였으니 이 가을에는 뭘 거둬들이고 뭘 즐겨할는지. 그는 동리 사람의 이목이 부끄러워 산길로 돌았다.

솔숲을 나서서 멀리 밭에를 바라보니 둘이 다 나와 있다. 오늘도 또 싸운 모양. 하나는 이쪽 흙더미에 앉았고 하나는 저쪽에 앉았고, 서로들 외면하여 담배만 뻑뻑 피운다.

"점심들 잡숫게유."

남편 앞에 바가지를 내려놓으며 가만히 맥을 보았다.

남편은 적삼이 찢어지고 얼굴에 생채기를 내었다. 그리고 두 팔을 걷고 먼 산을 향하여 묵묵히 앉았다.

수재는 흙에 박혔다 나왔는지 얼굴은커녕 귓속드리 흙투성이

다. 코밑에는 피딱지가 말라붙었고, 아직도 조금씩 피가 흘러내
린다. 영식이 처를 보더니 열쩍은 모양. 고개를 돌리어 모로 떨어
치며 입맛만 쩍쩍 다신다.

금을 캐라니까 밤낮 피만 내다 마려는가. 빚에 졸리어 남은 속
을 볶는데 무슨 호강에 이 지랄들인구. 아내는 못마땅하여 눈가
에 살을 모았다.

"산제 지낸다구 꿔온 것은 언제나 갚는다지유?"

뚱하고 있는 남편을 향하여 말끝을 꼬부린다. 그러나 남편은 눈
썹 하나 까딱하지 않는다. 이번에는 어조를 좀 돋우며,

"갚지도 못할 걸 왜 꿔오라 했지유?"

하고 얼추 호령이었다.

이 말은 남편의 채 가라앉지도 못한 분통을 다시 건드린다. 그
는 벌떡 일어서며 황밤주먹을 쥐어 창낭할 만치 아내의 골통을
후렸다.

"계집년이 방정맞게."

다른 것은 모르나 주먹에는 아찔이었다. 멋없이 덤비다간 골통
이 부서진다. 암상을 참고 바르르 하다가 이윽고 아내는 등에 업
은 언내를 끌어 들었다. 남편에게로 그대로 밀어던지니 아이는
까르륵하고 숨모는 소리를 친다. 그리고 아내는 돌아서서 혼자말
로,

"콩밭에서 금을 딴다는 숙맥도 있담."

하고 빗대놓고 비아냥거린다.

"이년아, 뭐!"

남편은 대뜸 달겨들며 그 볼치에다 다시 올찬 황밤을 주었다. 저그나면 계집이니 위로도 하여 주련만, 요건 분만 폭폭 질러놓으려나. 에이, 빌어먹을 거, 이판 사판이다.

"너허구 안 산다. 오늘루 가거라."

아내를 와락 떠다밀어 밭둑에 제쳐놓고 그 허구리를 발길로 퍽 질렀다.

아내는 입을 헉 하고 벌린다.

"네가 허라구 옆구리를 쿡쿡 찌를 제는 은제냐, 요 집안 망할 년."

그리고 다시 퍽 질렀다. 연하여 또 퍽.

이 꼴들을 보니 수재는 조바심이 일었다. 저러다가 그 분풀이가 다시 제게로 슬그머니 옮아올 것을 지레 채었다. 인제 걸리면 죽는다. 그는 비슬비슬하다 어느 틈엔가 구덩이 속으로 시나브로 없어져버린다. 볕은 다사로운 가을 향취를 풍긴다. 주인을 잃고 콩은 무거운 열매를 둥글둥글 흙에 굴린다. 맞은쪽 산밑에서 벼들을 베며 기뻐하는 농군의 노래.

"터졌네, 터져."

수재는 눈이 휘둥그렇게 굿문을 뛰어나오며 소리를 친다. 손에는 흙 한 줌이 잔뜩 쥐었다.

"뭐?"

하다가,

"금줄 잡았어, 금줄."

"응!"

하고 외마디를 뒤남기자 영식이는 수재 앞으로 살같이 달려들었
다. 허겁지겁 그 흙을 받아들고 샅샅이 헤쳐보니 딴은 재래에 보
지 못하던 불그죽죽한 황토였다. 그는 눈에 눈물이 핑 돌며,

"이게 원줄인가?"

"그럼, 이것이 곱색줄이라네. 한 포에 댓 돈씩은 넉넉 잡히네."

영식이는 기쁨보다 먼저 기가 탁 막혔다. 웃어야 옳을지 울어야
옳을지, 다만 입을 반쯤 벌린 채 수재의 얼굴만 멍하니 바라본다.

"이리 와봐. 이게 금이래."

이윽고 남편은 아내를 부른다. 그리고 내 뭐랬어, 그러게 해보
라고 그랬지, 하고 설면설면 덤벼오는 아내가 한결 어여뻤다. 그
는 엄지손가락으로 아내의 눈물을 지워주고 그리고 나서 껑충거
리며 구덩이로 들어간다.

"그 흙 속에 금이 있지요?"

영식이 처가 너무 기뻐서 코다리에 고래등 같은 집까지 연상할
제 수재는 시원스러이,

"네, 한 포대에 오십 원씩 나와유."

하고 대답하고 오늘밤에는 꼭 정녕코 꼭 달아나리라 생각하였다.

거짓말이란 오래 못 간다. 봉이 나서 뼈다귀도 못 추리기 전에 훨훨 벗어나는 게 상책이겠다.

산 곧

산 골

산

머리 위에서 굽어보던 햇님이 서쪽으로 기울어 나무에 긴 꼬리가 달렸건만, 나물 뜯을 생각은 않고 이쁜이는 늙은 잣나무 허리에 등을 비겨 대고 먼 하늘만 이렇게 하염없이 바라보고 섰다.

하늘은 맑게 개이고 이쪽저쪽으로 뭉글뭉글 피어오른 흰 꽃송이는 곱게도 움직인다. 저것도 구름인지 학들은 쌍쌍이 짝을 짓고 그 새로 날아들며 끼리끼리 어르는 소리가 이 수퐁까지 멀리 흘러내린다.

갖가지 나무들은 사방에 잎이 우겼고 땡볕에 그 잎을 펴들고 너훌너훌 바람과 아울러 산골의 향기를 자랑한다.

그 공중에는 나는 꾀꼬리가 어여쁘고……노란 날개를 팔딱이고 이 가지 저 가지로 옮아 앉으며 흥에 겨운 행복을 노래부른다.

—고오이! 고이고오이!

요렇게 아양스레 노래도 부르고…….

—담배먹구 꼴비어!

산
골

맞은쪽 저 바위 밑은 필시 호랑님의 드나드는 굴이리라. 음침한 그 위에는 가시덤불 다래넝쿨이 어지러이 엉클어어 지붕이 되어 있고, 이것도 돌이랄지 연녹색 털복숭이는 올망졸망 놓였고 그리고 오늘두 어김없이 뻐꾸기는 날아와 그 잔등에 다리를 머무르며…….

—뻐꾹! 뻐꾹! 뻐뻐꾹!

어느덧 이쁜이의 눈시울에 구슬방울이 맺히기 시작한다. 그리고 나물 바구니가 툭, 하고 땅에 떨어지자 두 손에 펴들은 치마폭으로 그새 얼굴을 푹 가리고는 이쁜이는 흐륵흐륵 마냥 느끼며 울고 섰다. 이제야 후회나노니 도련님 공부하러 서울로 떠나실 때 저도 간다고 왜 좀더 붙들고 늘어지지 못했던가. 생각하면 할수록 가슴만 미어질 노릇이다. 그러나 마님의 눈을 기어 자그만 보따리를 옆에 끼고 산속으로 이십 리나 넘어 따라갔던 이쁜이가 아니었던가. 과연 이쁜이는 산등을 질러갔고 으슥한 고갯마루에서 기다리고 섰다가 넘어오시는 도련님의 손목을 꼭 붙잡고,

"난 안 데려가지유!"

하고 애원 못한 것도 아니니 공연스레 눈물부터 앞을 가렸고 도련님이 놀라며,

"너 왜 오니? 여름에 꼭 온다니까. 어여 들어가라."

하고 역정을 내심에는 고만 두려웠으나 그래도 날 데려가라고 그 몸에 매어달리니 도련님은 얼마를 벙벙히 그냥 섰다가,

"울지 마라 이쁜아, 그럼 내 서울 가 자리나 잡거든 널 데려가마."

하고 등을 두드리며 달래일 제, 만일 이 말에 이쁜이가 솔깃하여 꼭 곧이듣지만 않았던들 도련님의 그 손을 안타까이 놓지는 않았던 걸……

"정말 꼭 데려가지유?"

"그럼 한 달 후에면 꼭 데려가마."

"난 그럼 기다릴 테야유!"

그리고 아침 햇발에 비끼는 도련님의 옷자락이 산등으로 꼬불꼬불 저 멀리 사라지고 아주 보이지 않을 때까지 이쁜이는 남이 볼까 하여 피어 흩어진 개나리 속에 몸을 숨기고 치마끈을 입에 물고는 눈물로 배웅하였던 것이 아니런가. 이렇게도 철석같이 다짐을 두고 가시더니 그 한 달이란 대체 얼마나 되는 겐지 몇 한 달이 거듭 지나고 돌도 넘었으련만 도련님은 이렇다 소식 하나 전할 줄조차 모르신다.

실토로 터놓고 말하자면 늙은 이 잣나무 아래에서 도련님과 맨

처음 눈이 맞을 제 이쁜이가 먼저 그러자고 한 것도 아니련만……
이쁜이 어머니가 마님댁 씨종이고 보면 그 딸 이쁜이는 잘 따져야
씨의 씨종이니 하잘것없는 계집애이어늘 이쁜이는 제 몸이 이럼
을 알고 시내에서 홀로 빨래를 할 제이면 도련님이 가끔 덤벼들어
이게 장난이겠지, 품에 꼭 껴안고 뺨을 깨물어뜯는 그 꼴이 숭글
숭글하고 밉지는 않았으나 그러나 이쁜이는 감히 그런 생각을 먹
어본 적이 없었다. 그날도 마님이 구미가 젖히셨다고 애 이쁜아,
나물 좀 뜯어온, 하실 때 이쁜이는 퍽이나 반가웠고 아침밥도 몇
술로 겉날리고 바구니를 동무 삼아 집을 나섰으니 나이 아직 열여
섯이라 마님에게 귀염을 받는 것이 다만 좋았고 칠칠한 나물을 뜯
어드리고자 한사코 이 험한 산속으로 기어올랐다.

　풀잎의 이슬은 아직 다 마르지 않았고 바위 틈바구니에 흩어진
잔디에는 커다란 구렁이가 또아리를 틀고서 떡비구리 한 놈을 우
물거리고 있는 중이며 이쁜이는 쌔근쌔근 가쁜 숨을 쉬어가며 그
걸 가만히 들여다보고 섰다가 바로 발 앞에 도라지순이 있음을
발견하고 꼬챙이로 마악 캐려 할 즈음 등뒤에서 뜻밖에 발자국
소리가 들리는 것이 아닌가. 깜짝 놀라며 고개를 돌려보니 언제
어디로 따라왔던가 도련님은 물푸레나무 토막을 한 손에 지팡이
로 짚고 붉은 얼굴이 땀바가지가 되어 식식거리며 그리고 싱글싱
글 웃고 있다. 그 모양이 하도 수상하여 이쁜이는 눈을 똥그랗게
뜨고 바라보니 도련님은 좀 면구쩍은지 낯을 모로 돌리며, 그러

나 여일히 싱글싱글 웃으며 뱃심 유한 소리가,

"난 지팽이 꺾으러 왔다."

그렇지마는 이쁜이는 며칠 전 마님이 불러세우고 너 도련님하구 같이 다니면 매맞는다, 하시던 그 꾸지람을 얼뜬 생각하고,

"왜 따라왔지유. 마님 아시면 남 매맞으라구?"

하고 암팡스레 쏘았으나 도련님은 귓등으로 듣는지 그래도 여전히 싱글거리며 뱃심 유한 소리로,

"난 지팽이 꺾으러 왔다."

그제야 이쁜이는 성을 안 낼 수가 없고,

"마님께 나 매맞어두 난 몰라."

혼자말로 이렇게 되알지게 쫑알거리고 너야 가든 말든 하라는 듯이 고개를 돌리어 아까의 도라지를 다시 캐자노라니 도련님은 무턱대고 그냥 와락 달려들어,

"너 맞는 거 나는 알지."

이쁜이를 뒤로 꼭 붙들고 땀이 쭉 흐른 그 뺨을 또 잔뜩 깨물고는 놓질 않는다. 이쁜이는 어려서부터 도련님과 같이 자랐고 같이 놀았으되 제가 먼저 그런 생각을 두었다면 도련님을 벌컥 떠다밀어 바위 너머로 곤두박히게 했을 리 만무이었고 궁둥이를 털고 일어나며 도련님이 무색하여 멀거니 쳐다보고 입맛만 다시니 이쁜이는 그 꼴이 보기 가엾고 죄를 저지른 제 몸에 대하여 죄송한 자책이 없던 바도 아니언마는 다시 손목을 잡히고 이 잣나무

밑으로 끌릴 제에는 왼 힘을 다하여 그 손깍지를 버리며 야단친 것도 사실이 아닌 건 아니나, 그러나 어딘가 마음 한편에 앙살을 피면서도 넉히 끌리어 가도록 도련님의 힘이 좀더 좀더 하는 생각이 전혀 없었다면 그것은 거짓말이 되고 말 것이다. 물론 이쁜이가 얼굴이 빨개지며 앙큼스러운 생각을 먹은 것은 바로 이때이었고.

"난 몰라, 마님께 여쭐 터이야, 난 몰라!"
하고 적잖이 조바심을 태우면서도 도련님의 속맘을 한번 뜯어보고자,

"누가 종두 이러는 거야?"
하고 손을 뿌리치며 된통 호령을 하고 보니 도련님은 이 깊고 외진 산속임에도 귀에다 입을 갖다대고 가만히 속삭이는 그 말이,

"너, 나하고 멀리 도망가지 않으련!"

그러니 이쁜이는 이 말을 참으로 꼭 곧이들었고 사내가 이렇게 겁을 집어먹는 수도 있는지, 도련님이 땅에 떨어지는 성냥갑을 호주머니에 다시 집어널 줄도 모르고 덤벙거리며 산 알로 꽁지를 뺄 때까지 이쁜이는 잣나무 뿌리를 베고 풀밭에 번듯이 드러누운 채 푸른 하늘을 바라보며 인제 멀리만 달아나면 나는 저 도련님의 아씨가 되려니 하는 생각에 마님께 진상할 나물 캘 생각조차 잊고 말았다. 그러나 조금 지나며 이쁜이는 어쩐지 저도 겁이 나는 듯싶었고 발딱 일어나 사면을 휘돌아보았으나 거기에는 험상

스러운 바위와 우거진 숲이 있을 뿐 본 사람은 하나도 없으련만 아마 산이 험한 탓일지도 모르리라. 가슴은 여전히 달랑거리고 두려우면서 그러나 이 몸뚱이를 제 품에 꼭 품고 같이 뒹굴고 싶은 안타까운 그런 행복이 느껴지지 않은 것도 아니었으니 도련님은 이렇게 정을 들이고 가시고는 이제 와서는 생판 모르는 체하시는 거나 아닐는가…….

마　을

　두 손등으로 눈물을 씻고 고개를 어레 들었으나 나물 뜯을 생각은 않고 이쁜이는 늙은 잣나무 밑에 앉아서 먼 하늘을 치켜대고 도련님 생각에 이렇게도 넋을 잃는다.

　이제 와 생각하면 야속도 스럽나니 마님께 매를 맞도록 한 것도 결국 도련님이었고 별 욕을 다 당하게 한 것도 결국 도련님이 아니었던가…….

　매일과 같이 산엘 올라다닌 지 단 나흘이 못 되어 마님은 눈치를 채셨는지 혹은 짐작만 하셨는지 저녁 때 기진하여 내려오는 이쁜이를 불러앉히시고,

　"너 요년, 바른 대로 말해야지 죽는다."

하고 회초리로 때리시되 볼기짝이 톡톡 불거지도록 하시었고 그

래도 안차세 아니라고 고집을 쓰니 이번에는 어머니가 날겨들어 머리채를 휘어감고 주먹으로 등허리를 서너 번 쾅쾅 때리더니, 그만도 좋으련만 뜰아랫방에 갖다 가두고는 사날씩이나 바깥 구경을 못하게 하고 구메밥으로 구박을 막 함에는 이쁜이는 짜장 서럽지 않을 수가 없었다. 징역살이 맨 마지막 밤이 깊었을 제 이쁜이는 너무 원통하여 혼자 앉아서 울다가 자리에 누운 어머니의 허리를 꼭 끼고 그 품속으로 기어들며

　"어머니, 나 데련님하고 살 테야."

하고 그예 저의 속증을 토설하니 어머니는 들었는지 먹었는지 그냥 잠잠히 누웠더니 한참 후 후유, 하고 한숨을 내뿜을 때에는 이미 눈에 눈물이 그렁그렁하였고, 그리고 또 한참 있더니 입을 열어 하는 이야기가 지금은 이렇게 늙었으나 자기도 색시 때에는 이쁜이만치나 어여뻤고 얼마나 맵시가 출중났던지 노나리와 은근히 배가 맞았으나 몇 달이 못 가서 노마님이 이걸 아시고 하루는 불러세고 때리시다가 마침내 샘에 못 이기어 인두로 하초를 지지려고 들어덤비신 일이 있다고 일러주고 다시 몇 번 몇 번 당부하여 말하되 석숭네가 벌써부터 말을 건네는 중이니 도련님에게 맘일랑 두지 말고 몸 잘 갖고 있으라 하고 딱 떼는 것이 아닌가. 하기야 이쁜이가 무남독녀의 귀여운 외딸이 아니었던들 사흘 후에도 바깥에 나올 수 없었으려니와 비로소 대문을 나와 보니 그간 세상이 좀 넓어진 것 같고 마치 우리를 벗어난 짐승과 같이 몸의

75

가뜬함을 느꼈고 숭칙스러운 산으로 삥삥 둘러싼 이 산골에서 벗어나 넓은 버덩으로 나간다면 기쁘기가 이보다 좀 더하리라 생각도 하여 보고, 어머니의 영대로 고추밭을 매러 개울길로 내려가려니까 왼편 수풀 속에서 도련님이 불쑥 튀어나오며 또 붙들고 벗에 안 갈 테냐고 대구 보채인다. 읍에 가 학교를 다니다가 요즘 방학이 되어 집에 돌아온 뒤로는 공부는 할 생각 않고 날이면 날 저무도록 저만 이렇게 붙잡으러 다니는 도련님이 딱도 하거니와 한편 마님도 무섭고 또는 모처럼 용서를 받는 길로 그리고 보면 이번에는 호되게 불이 내릴 것을 알고 이쁜이는 오늘은 안 되니 별모래쯤 가자고 좋게 달래가며 그래도 듣지 않고 군이 가자고 성화를 하는 데는 할 수 없이 몸을 뿌리치고 뺑손을 놀 수밖에 딴 도리가 없었다. 구질구질히 내리던 비로 말미암아 한동안 손을 못 댄 고추밭은 풀들이 제법 성큼히 엉기었고 어디서부터 시작해야 좋을지 갈피를 모르겠는데 이쁜이는 되는 대로 한편 구석에 치마를 도사리고 앉아서 이것도 명색은 김매는 거겠지, 호미로 흙등만 따작거리며 정짜 정신은 어젯밤 좋은 상전과 못 사는 법이라던 어머니 말이 옳은지 그른지 그것만 일념으로 아로새기며 이리 씹고 저리 씹어본다. 그러나 이쁜이는 아무렇게도 나는 도련님과 꼭 살아보겠다, 혼자 맹세하고 제가 아씨가 되면 어머니는 일테면 마님이 되련마는 왜 그리 극성인가 싶어서 좀 야속하였고 해가 한나절이 되어 목덜미를 확확 달릴 때까지 이리저리

곰곰 생각하다가 고개를 들어보매 밭은 여태 한 고랑도 다 끝이 못 났으니 이놈의 밭이, 하고 탓 안할 탓을 하며 저로도 하품이 나올 만치 어지간히 기가 막혔다. 이번에는 좀 빨랑빨랑 하리라 생각하고 이쁜이는 호미를 잽싸게 놀리며 폭폭 찍고 덤볐으나 그래도 웬일인지 일은 손에 붙지를 않고 그뿐 아니라 등뒤 개울의 덤불에서는 온갖 잡새가 귀둥대둥 멋대로 속삭이고 먼발치에서 풀을 뜯고 있던 황소가 메에, 하고 늘어지게도 소리를 내뿜으니 이쁜이는 이걸 듣고 갑자기 몸이 나른해지지 않을 수 없고 밭 가에 선 수양버들 그늘에 쓰러져 한잠 들고 싶은 생각이 곧바로 나지마는 어머니가 무서워 차마 그걸 못하고 만다. 인제는 계집애는 밭일을 안하도록 법이 됐으면 좋겠다 생각하고 이쁜이는 울화증이 나서 호미를 메어꽂고 얼굴의 땀을 씻으며 앉았노라니까 들로 보리를 걷으러 가는 길인지 석숭이가 빈 지게를 지고 꺼불꺼불 밭머리에 와 서더니 아주 썩 시퉁그러지게 입을 삐죽거리며 이쁜이를 건너대고 하는 소리가,

"너, 데련님하구 그랬대지."

새파랗게 갈은 비수로 가슴을 쪽 내려긋는대도 아마 이토록은 재껍지 않으리라. 마는 이쁜이는 어서 들었느냐고 따져 볼 겨를도 없이 얼굴이 고만 홍당무가 되었고 그놈의 소이로 생각하면 대뜸 덤벼들어 그 귓배기라도 물고 늘어질 생각이 곧 간절은 하나 헌 죄는 있고 어째 볼 용기가 없으며 다만 고개를 푹 수그릴

뿐이다. 그러니까 석숭이는 제가 뀐 듯싶어서 이쁜이를 짜장 넘
보고 제법 밭 가운데까지 들어와 떡 버티고 서서는 또 한 번 시큰
둥하게 그리고 엇먹는 소리로,

"너, 데련님하구 그랬대지."

전일 같으면 제가 이쁜이에게 지게 작대기로 볼기맞을 생각도
않고 감히 이따위 몰래 버르장머리는 하기커녕 즈 아버지 장사하
는 원두막에서 몰래 참외를 따가지고 와서,

"얘 이쁜아, 너 이거 먹어라."

하다가,

"난 네가 주는 건 안 먹을 테야."

하고 몇 번 내뱉음에도 굴치 않고 굳이 먹으라고 떠맡기므로 이
쁜이가 마지 못하는 체하고 받아들고는 물론 치마폭에 흙을 싹싹
문대고 나서 깨물고 앉았노라면 아무쪼록 이쁜이 맘에 잘 들도록
호미를 대신 손에 잡기가 무섭게 는실난실 김을 매주었고 그리고
가끔 이쁜이를 웃겨 주기 위하여 그것도 재주라고 밭고랑에서 잘
봐야 곰 같은 몸뚱이로 이리 뒹굴고 저리 뒹굴고 하였다. 석숭 아
버지는 이놈이 또 어디로 내뺐구나 하고 찾아다니다 여길 와보니
매라는 제 밭은 안 매고 남 계집애 밭에 들어와서 대체 온 이게
무슨 노름인지 이꼴이고 보매 기도 막힐 뿐더러 터지려는 웃음을
억지로 참고 노여운 낯을 지어가며,

"너 이놈아, 네 밭은 안 매고 남의 밭에 들어와 그게 뭐냐?"

하고 꾸중을 하였지마는 석숭이가 깜짝 놀라서 돌아다보다 고만 멀쑤룩하여 궁둥이의 흙을 털고 일어서며,

"이쁜이 밭 좀 매주러 왔지 뭘 그래?"

하고 되려 퉁명스러이 뺏댐에는 더 책하지 않고,

"이 망할 자식두 다 많어이!"

하고 돌아서 저리로 가며 보이지 않게 피익 웃고 마는 것인데 그러면 이쁜이는 저의 처지가 꽤 야릇하게 됨을 알고 저기까지 분명히 들리도록,

"너보고 누가 밭 매달랬어? 가, 어여 가, 가."

하고 다 먹은 참외는 생각 않고 등을 떠다밀며 구박을 막 하던 이런 터이런만 제가 이제 와 누구 비위를 긁다니 하늘이 무너지면 졌지 이것은 도시 말이 안 된다.

산
골

돌

이쁜이는 남다른 부끄럼으로 온 전신이 확확 달는 듯싶었으나 그러나 조금 뒤에는 무안을 당한 거기에 대갚음이 없어서는 아니 되리라 생각하고 앙칼스러운 역심이 가슴을 쿡 찌를 때에는 어깨 뿐만 아니라 등허리 전체가 샐룩거리다가 새침히 발딱 일어나 사방을 훑어보더니 대낮이라 다들 일들 나가고 안마을에 사람이 없

음을 알고 석숭이의 소맷자락을 넌지시 끌며 그 옆 숙성히 자란 수수밭 속으로 들어간다. 밭 한복판은 아늑하고 아무데도 보이지 않으므로 함부로 떠들어도 괜찮으려니 믿고 이쁜이는 거기다 석숭이를 세워놓자 밭고랑에 널려진 여러 돌 틈에서 맞아죽지 않고 단단히 아플 만한 모리 돌멩이 하나를 집어들고 그 옆 정강이를 모질게 우려치며,

"이자식, 뭘 어째구 어째?"

하고 딱딱 어르니까 석숭이는 처음에 뭐나 좀 생길까 하고 좋아서 따라왔던 걸 별안간 난데없는 모진 돌만 날아듦에는,

"아야!"

하고 소리치자 뚝 선불맞은 노루 모양으로 한번 뼈들껑 뛰며 눈이 그야말로 황방울만해지지 않을 수가 없었다. 그러나 석숭이는 미움보다 앞서느니 기쁨이요, 전일에는 그 옆을 지내도 본 둥 만 둥하고 그리 대단히 여겨주지 않던 그 이쁜이가 일부러 이리 끌고와 돌로 때리되 정말 아프도록 힘을 들일 만치 이쁜이에게 있어는 지금의 저의 존재가 그만치 끔찍함을 그 돌에서 비로소 깨닫고 짓궂이 싱글싱글 웃으며 한번 더 뒤둥그러진, 그리고 홀게 늦은 목소리로,

"뭘 데련님하구 그랬대는데."

하고 놀려주었다. 이쁜이는,

"뭐 이자식!"

하고 상기된 눈을 똑바로 떴으나 이번에는 돌멩이 집을 생각을
않고 아까부터 겨우 참아왔던 울음이,

"으응!"

하고 탁 터지자 잡은 참 덤벼들어 석숭이 옷가슴에 매어달리며
쥐어뜯으니 석숭이는 이쁜이를 울려 논 것은 저의 큰 죄임을 얼
른 알고 눈이 휘둥그래서,

"아니다, 아니다, 내 부러 그랬다, 아니다."

하고 입에 불이 나게 그러나 손으로 등을 어루만지며 '아니다'를
여러 십 번을 부른 때에야 간신히 울음을 진정해 놓았고 이쁜이
가 아직 느끼는 음성으로 몇 번 당부를 하니,

"인제 남 듣는 데 그러면 내 너 죽일 테야."

"그래 인전 안 그러마."

참으로 이런 나쁜 소리는 다시 입에 담지 않으리라 맹세하였다.
이쁜이도 그제야 마음을 놓고 흔적이 없도록 눈물을 닦으면서,

"다시 그래봐라, 내 죽인다!"

또 한 번 다져놓고 고추밭으로 도로 나오려 할 제 석숭이가 와
락 달겨들어 그 허리를 잔뜩 꺼안고,

"너 그럼 우리집에서 나한테로 시집오라니깐 왜 싫다구 그랬
니?"

하고 설혹 좀 성가시게 굴었다 치더라도 만일 이쁜이가 이 행실
을 도련님이 아신다면 단박에 정을 떼시려니 하는 염려만 없었더

라면 그리 대수롭지 않은 것을 그토록 오지게 혼을 냈을 리 없었겠고 생각하면 두고두고 입때껏 후회가 나리만치 그렇게 사내의 뺨을 후려친 것도 결국 도련님을 위하는 이쁜이의 깨끗한 정이 아니었던가…….

물

　가득히 품에 찬 서러움을 눈물로 가시고 나물 바구니를 손에 잡았으니 이쁜이는 다시 일어나 산중턱으로 거칠은 수풀 속을 기어 내리며 도라지를 하나 둘 캐기 시작한다.
　참인지 아닌지 자세히는 모르나 멀리 날아온 풍설을 들어보면 도련님은 서울 가 어여쁜 아씨와 다시 정분이 났다 하고 그뿐만도 오히려 좋으련마는 댁의 마님은 마님대로 늙은 총각 오래 두면 병난다 하여 상냥한 아씨만 찾는 길이니 대체 이게 웬 셈인지 이쁜이는 골머리가 아팠고 도라지를 캔다고 꼬챙이를 땅에 꾸욱 꽂으니 그대로 짚고 선 채 해만 점점 부질없이 저물어간다. 맥을 잃고 다시 내려오다 이쁜이는 앞에 우뚝 솟은 바위를 품에 얼싸안고 그 알을 굽어보니 험악한 석벽 틈에 맑은 물은 웅숭깊이 충충 고이었고 설핏한 하늘의 붉은 노을 한쪽을 똑 떼들고 푸른 잎 새로 전을 둘렀거늘 그 모양이 보기에 퍽도 아름답다. 그걸 거울

삼고 이쁜이는 저 밑에 까맣게 비치는 저의 외양을 또 한 번 고쳐 뜯어보니 한때는 도련님이 조르다 몸살도 나셨으려니와 의복은 비록 추려할 망정 저의 눈에도 밉지 않게 생겼고 남 가진 이목구비에 반반도 하련마는 뭐가 부족한지 달리 눈이 맞은 도련님의 심정이 알 수 없고 어느덧 원망스러운 눈물이 눈에서 떨어지니 잔잔한 물면에 물둘레를 치기도 전에 무슨 밥이나 된다고 커단 꺽찌는 휘엉휘엉 올라와 꼴딱 받아먹고 들어간다. 이쁜이는 얼빠진 등신같이 맑은 이 물을 가만히 들여다보노라니 불시로 제 몸을 풍덩 던지어 깨끗이 빠져도 죽고 싶고, 아니 이왕 죽을진댄 정든 님 품에 안겨 같이 풍, 빠지어 세상사를 다 잊고 알뜰히 죽고 싶고, 그렇다면 도련님이 이 등에 넙죽 엎디어 뺨에 뺨을 비벼대고 그리고 이 물을 같이 굽어보며,

"애, 울지 마라. 내가 가면 설마 아주 가겠니?"
하고 세우 달랠 제 꼭 붙들고 풍덩실 하고 왜 빠지지 못했던가. 시방은 한가도 컸건마는 그 이쁜이는 그리고 삶에 주렸던지,

"정말 올 여름엔 오우?"
하고 아까부터 몇 번 묻던 걸 또 한 번 다져보았거늘 도련님은 시원스러이 선뜻,

"그럼 오구 말구. 널 두고 안 오겠니!"
하고 대답하고 손에 꺾어들었던 노란 동백꽃을 물 위에 홱 내던지며,

산
골

"너 참, 이 물이 무슨 물인지 알면 용치."

눈을 끔벅끔벅하더니 이야기하여 가로되 옛날에 이 산속에 한 장사가 있었고 나라에서는 그를 잡고자 사면팔방에 군사를 놓았다. 그렇지마는 장사에게는 비호같이 날랜 날개가 돋친 법이니 공중을 훌훌 나는 그를 잡을 길 없고 머리만 앓던 중 하루는 그예 이 물에서 목욕을 하고 있는 것을 사로잡았다는 것이로되 왜 그러냐 하면 하느님이 잡수시는 깨끗한 이 물을 몸으로 흐렸으니 누구라고 천벌을 아니 입을 리 없고 몸에 물이 닿자 돋쳤던 날개가 흐지부지 녹아버린 까닭이라고 말하고 도련님은 손짓으로 장사의 처참스러운 최후를 시늉하며 가장 두려운 듯이 눈을 커닿게 끔적끔적하더니 뒤를 이어 그 말이,

"아, 무서! 얘, 우지 마라. 저 물에 눈물이 떨어지면 너 큰일난다."

그러나 이쁜이는 그까진 소리는 듣는 둥 마는 둥 그리 신통치 못하였고 며칠 후 서울로 떠나면 아주 놓칠 듯만 싶어서 도련님의 얼굴을 이윽히 쳐다보고 그럼 다짐을 두고 가라 하다가 도련님이 조금도 서슴없이 입고 있던 자기의 저고리 고름 한 짝을 뚝 떼어 이쁜이 허리춤에 꾹 꽂아주며,

"너, 이래두 못 믿겠니?"

하니 황송도 하거니와 설마 이걸 두고야 잊으시진 않겠지 하고 속이 든든하지 않은 것도 아니었다. 대장부의 노릇이매 이렇게

하고 변심은 없을 게나 그래두 잘 따져보니 이 고름이 말하는 것
도 아니어든 차라리 따라나서느니만 같지 못하다고 문득 마음을
고쳐먹고 고개로 쫓아간 건 좋으련마는 왜 그랬던고. 좀더 매달
리어 진대를 안 붙고 고기 주저앉고 말았으니 이제 와서는 한가
만 새롭고 몸에 고이 간직하였던 옷고름을 이 손에 꺼내들고 눈
물을 흘려보되 별수없나니 보람없이 격지만 늘어간다. 허나 이거
나마 아주 없었더런들 그야 살맛조차 송두리 잃었으리라마는 요
즘 매일과 같이,

　이 험한 깊은 산속에 올라와

　옛 기억을 홀로 더듬어보며

　이쁜이는 해가 저물도록 이렇게 울고 섰고 하는 것이다.

길

　모든 새들은 어제와 같이 노래를 부르고 날도 맑으련만

　오늘은 웬일인지

　이쁜이는 아직도 올라오질 않는다.

　석숭이는 아버지가 읍의 장에 가서 세 마리 닭을 팔아 그걸로
소금을 사오라 하여 아침 일찍이 나온 것도 잊고 이 산에 올라와
다리를 묶은 닭들은 한편에 내던지고 늙은 잣나무 그늘에 누워

눈이 빠지도록 기다렸으나 이쁜이가 좀체 나오지 않으매 웬일일
까 고게 또 노하지나 않았나 하고 일쩝시 이렇게 애를 태운다. 올
가을이 얼른 되어 새 곡식을 거두면 이쁜이에게로 장가를 들게
되었으니 기쁨인들 이 위 더할 데 있으랴마는 이번도 또 이쁜이
가 밥도 안 먹고 죽는다고 야단을 친다면 헛일이 아닐까 하는 염
려도 없지 않았거늘 고렇게 쌀쌀하고 매일매일하던 이쁜이의 태
도가 요즘에 들어와서는 급자기 다소곳하고 눈 한번 흘길 줄도
모르니 이건 참으로 춤을 추어도 다 못 출 것이다. 뿐만 아니라
이슬비가 내리던 날 마님댁 울 뒤에서 이쁜이는 옥수수를 따고
섰고 제가 그 옆을 지날 제 은근히 손짓을 하므로 가까이 다가서
니 귀에다 나직이 속삭이는 소리가,

"너 편지 하나 써줄런?"

"그래, 그래, 써주마, 나 잘 쓴다."

석숭이는 너무 반가워서 허둥거리며 묻지 않는 소리까지 하다
가 또 그 말이 내 너 하라는 대로 다 할 게니 도련님에게 편지를
쓰되, 이쁜이는 여태 기다립니다, 하고 그리고 이런 소리는 아예
입 밖에 내지 말라 하므로 그런 편지면 일 년 내내 두고 썼으면
좋겠다, 속으로 생각하고 채 틀 못 박힌 연필 글씨로 다섯 줄을
그리기에 꼬박 이틀 밤을 새이고 나서 약속대로 산으로 이쁜이를
만나러 올라올 때에는 어쩐지 가슴이 두근두근하는 것이 바로 아
내를 만나러 오는 남편의 그 기쁨이 또렷이 나타나는 것이다. 이

쁜이가 얼른 올라와야 뭐가 제일 좋으냐 물어보고 이 닭들을 팔아 선물을 사다주련만 오진 않고 석숭이는 암만 생각해야 영문을 모르겠으니 아마 요전번,

"이 편지 써왔으니까 너 나하구 꼭 살아야 한다."

하고 크게 얼른 것이 좀 잘못이라 하더라도 이쁜이가 고개를 푹 숙이고 있다가,

"그래."

하고 눈에 눈물을 보이며,

"그 편지 읽어봐."

하고 부드럽게 말한 걸 보면 그리 노한 것은 아니니 석숭이는 기뻐서 그 앞에 떡 버티고 제가 썼으나 제가 못 읽는 그 편지를 떠듬떠듬,

"도련님전 상사리, 가신 지가 오래 됐는디 왜 안 오구 일년 반이 됐는디 왜 안 오구 하니깐 이쁜이는 밤마두 눈물로 새오며 이쁜이는 그럼 죽을 테니까 날을 듯이 얼찐 와서……."

이렇게 땀을 내이며 읽었으나 이쁜이는 다 읽은 뒤 그걸 받아서 피봉에 도로 넣고 그리고 나물 바구니 속에 감추고는 그대루 덤덤히 산을 내려온다. 산기슭으로 내리니 앞에 큰 내가 놓여 있고 골고루도 널려박힌 험상궂은 웅퉁바위 틈으로 물은 우람스레 부딪치며 콸콸 흘러내리매 정신이 다 아찔하여 이쁜이는 조심스레 바위를 골라 디디며 이쪽으로 건너왔으나 아무리 생각하여도 같

이 멀리 도망가자는 도련님이 서울로 혼자만 삐쭉 달아난 것은 그 속이 알 수 없고 사나이 맘이 설사 변한다 하더라도 잣나무 밑에서 그다지 눈물까지 머금고 조르시던 그 도련님이 이제 와 싹도 없이 변하신다니 이야 신의 조화가 아니면 안 될 것이다. 이쁜이는 산처럼 잎이 퍼드러진 호양나무 밑에 와 발을 멈추며 한 손으로 바구니의 편지를 꺼내어 행주치마 속에 감추어들고 석숭이가 쓴 편지도 잘 찾아살는지 미심도 하거니와 또한 도련님 앞으로 잘 간다 하면 이걸 보고 도련님이 꼼맥하여 뛰어올 겐지 아닌지 그것조차 장담 못할 일이언마는 아니, 오신다, 이 옷고름을 두고 가시던 도련님이어늘 설마 이 편지에도 안 오실 리 없으리라고 혼자 서서 우기며 해가 기우는 먼 고개치를 바라보며 체부 오기를 기다린다. 체부가 잘 와야 사흘에 한 번밖에는 더 들르지 않는 줄을 저라구 모를 리 없고 그리고 어제 다녀갔으니 모레나 오는 줄은 번연히 알련마는 그래도 이쁜이는 산길에 속는 사람같이 저 산비알로 꼬불꼬불 돌아나간 기나긴 산길에서 금시 체부는 보일 듯 보일 듯 싶었는지 해가 아주 넘어가고 날이 어둡도록 지루하게도 이렇게 속달게 체부 오기를 기다린다.

그러나

오늘은 웬일인지

어제와 같이 날도 맑고 산의 새들은 노래를 부르건만 이쁜이는 아직도 나올 줄을 모른다.

땡 별

땡 볕

　우람스레 생긴 덕순이는 바른팔로 왼편 소맷자락을 끌어다 콧등의 땀방울을 훑고는 통안 네거리에 와 다리를 딱 멈추었다. 더위에 익어 얼굴이 벌거니 사방을 둘러본다. 중복허리의 뜨거운 땡볕이라 길가는 사람은 저편 처마밑으로만 배앵뱅 돌고 있다. 지면은 번들번들히 닳아 자동차가 지날 적마다 숨이 탁 막힐 만치 무더운 먼지를 풍겨 놓는 것이다.

　덕순이는 아무리 참아 보아도 자기가 길을 물어 좋을 만치 그렇게 여유 있는 얼굴이 보이지 않음을 알자, 소맷자락으로 또 한 번 땀을 훑어본다. 그리고 거북한 표정으로 벙벙히 섰다. 때마침 옆으로 지나가는 어린 깍쟁이에게 공손히 손짓을 한다.

　"얘! 대학병원은 어디루 가니?"

　"이리루 곧장 가세요."

덕순이는 어린 깍쟁이가 턱으로 가리킨 대로 그 길을 북으로 접어들며 다시 내걷기 시작한다. 내딛는 한 발짝마다 무거운 지게는 어깨에 배기고 등줄기에서 쏟아져내리는 진땀에 궁둥이는 쓰라릴 만치 물렀다. 속타는 불김을 입으로 불어가며 허덕지덕 올라오다 엄지손가락으로 코를 힝 풀어 그 옆 전봇대 허리에 쓱 문댈 때에는 그는 어지간히 답답하였다. 당장 지게를 벗어던지고 푸른 그늘에 가 나자빠지고 싶은 생각이 굴뚝 같으련만 그걸 못하니 짜증이 안 날 수 없다. 골피를 찌푸리어 데퉁스레,

땡
볕

"빌어먹을 거! 왜 이리 무거!"
하고 내뱉으려 하였으나, 그러나 지게 위에서 무색하여질 아내를 생각하고 꾹 참아버린다. 제 속으로만 끙끙거리다 겨우,

"에이 더웁다!"
하고 자탄이 나올 적에는 더는 갈 수가 없었다.

덕순이는 길가 버들 밑에다 지게를 벗어놓고는 두 손으로 적삼 등을 흔들어 땀을 들인다. 바람기 한 점 없는 거리는 그대로 타붙었고 그 위의 모래만 이글이글 달아간다. 하늘을 쳐다보았으나 좀체로 비 맛은 못 볼 듯싶어 바상바상한 입맛을 다시고 섰을 때 별안간 댕댕 소리와 함께 발등에 물을 뿌리고 물차가 지나가니 그는 비로소 살은 듯이 정신기가 반짝 난다. 적삼 호주머니에 손을 넣어 곰방대를 꺼내 물고 담배 한 알 없었던 것을 다시 깨닫고 역정스레 도로 집어넣는다.

"꽁무니가 배기지 않어?"

덕순이는 이렇게 아내를 돌아본다.

"괜찮아요!"

하고 거진 죽어가는 상으로 글썽글썽 눈물이 고인 아내가 딱하였다. 두 달 동안이나 햇빛 못 본 얼굴은 누렇게 시들었고 병약한 몸으로 지게 위에 앉아 까댁이는 양이 금시라도 꺼질 듯싶은 그 아내였다. 덕순이는 아내를 이윽히 노려본다.

"아, 울긴 왜 우는 거야?"

하고 눈을 부라렸으나,

"병원에 가면 쨀대겠지요."

"째긴 아무거나 덮어놓고 째나? 연구한다니까."

하고 되도록 아내를 안심시킨다. 그러나 덕순이 생각에 째든 말든 그건 차차 해놓고 우선 먹어야 산다고,

"왜, 기영이 할아버지의 말씀 못 들었어?"

"병원서 월급을 주구 고쳐준다는 게 정말인가요?"

"그럼 노인이 설마 거짓말을 헐라구. 그래 시방두 대학병원의 이등 박산가 뭔가 열네 살된 조선 아이가 어른보다 더 부대한 걸 보구 하두 이상한 병이라구 붙잡아들여서 한 달에 십 원씩 월급을 주고, 그뿐인가 먹이구 입히구 이래가며 지금 연구하고 있대지 않어?"

"그럼, 나도 허구한 날 병원에만 있게 되겠구려?"

"인제 가봐야 알지, 어떻게 될는지."

이렇게 시원스레 받기는 받았으나 덕순이는 자신 역시 기영 할아버지의 말을 꼭 믿어서 좋을지가 의문이었다. 시골서 올라온 지 얼마 안 되는 그로서는 서울이라 혹 알 수 없을 듯싶어 무료 진찰권을 내온 데 더 되지 않았다. 그렇다 하더라도 병이 괴상하면 할수록 혹은 고치기가 어려우면 어려울수록 월급이 많다는 것인데 영문 모를 아내의 이 병은 얼마짜리나 되겠는가고 속으로 무척 궁금하였다. 아이가 십 원이라니 이거 한 십오 원쯤 주겠는가, 그렇다면 병 고치니 좋고, 먹으니 좋고, 두루두루 팔자를 고치리라고 속 안으로 육조 배판을 늘이고 섰을 때,

"여보십쇼! 이 채미 하나 잡숴보십쇼."

하고 저만치 참외를 벌여놓고 앉았는 아이가 시선을 끌어간다. 길쭘길쭘하고 싱싱한 놈들이 과연 뜨거운 복중에 하나 벗겨 들고 으썩 깨물어 봄직한 참외였다. 덕순이는 참외를 이놈 저놈 멀거니 물색하여 보다 쌈지에 든 잔돈 사 전을 얼른 생각은 하였으나 다음 순간에 그건 안 될 말이라고 꺽진 마음으로 시선을 걷어온다. 사 전에 일 전만 더 보태면 희연 한 봉이 되리라고 어제부터 잔뜩 꼽여쥐고 오던 그 사 전, 이걸 참외 값으로 녹여서는 사람이 아니다.

"지게를 꼭 붙들어!"

덕순이는 지게를 지고 다시 일어나며 그 십오 원을 생각했던 것

이니 그로서는 너무도 벅찬 희망의 보행이었다.

　덕순이는 간호부가 지도하여 주는 대로 산부인과 문 밖에서 제
차례가 돌아오기를 기다리고 있었다.

　아내는 남편이 업어다 놓은 대로 걸상에 가 번듯이 늘어져 괴로
운 숨을 견디지 못한다. 요량없이 부어오른 아랫배를 한 손으로
치마째 걷어안고는 매 호흡마다 긴댕거리는 야윈 고개로 가쁜 숨
을 돌리고 있는 것이다. 게다가 수술실에서 들것으로 담아내는
환자의 피고름이 섞인 쓰레기통을 보는 것은 그로 하여금 해쓱한
얼굴로 이를 떨도록 하기에는 너무도 충분한 풍경이었다.

　"너무 그렇게 겁내지 말아, 그래두 다 죽을 사람이 병원엘 와야
살아나가는 거야……."

　덕순이는 아내를 위안하기 위하여 이런 소리도 하는 것이나 기
실 아내 못지않게 저로도 조바심이 적지 않았다. 아내의 이 병이
무슨 병일까, 짜장 기이한 병이라서 월급을 타먹고 있게 될 것인
가, 또는 아내의 병을 씻은 듯이 고쳐줄 수 있겠는가, 겸삼수삼
모두가 궁거웠다.

　이 생각 저 생각으로 덕순이는 아내의 상체를 떠받쳐주고 있다
가 우연히도 맞은편 타구 옆에 떨어져 있는 궐련 꽁댕이에 한눈
이 팔린다. 그는 사방을 잠깐 살펴보고 힝하게 가서 집어다가는
곰방대에 피워물며 제 차례를 기다렸으나 좀체로 불러주질 않는

것이다. 이렇게 하여 그들은 허무히도 두 시간을 보냈다.

한 점을 십사 분 가량 지났을 때 간호부가 다시 나와 덕순이 아내의 성명을 외는 것이다.

"네, 여깄습니다!"

덕순이는 허둥지둥 아내를 들쳐업고 진찰실로 들어갔다.

간호부 둘이 달려들어 우선 옷을 벗기고 주무를 제 아내는 놀란 토끼와 같이 조그맣게 되어 떨고 있었다. 코를 찌르는 무더운 약내에 소름이 끼치기도 하려니와 한쪽에 번쩍번쩍 늘여 놓은 기계가 더욱이 마음을 조이게 하는 것이다. 아내가 너무 병신스레 떨므로 옆에 섰는 덕순이까지 겸연쩍지 않을 수 없었다. 아내의 한 팔을 꼭 붙들어주고 집에서 꾸짖듯이 눈을 부릅떠,

"뭐가 무섭다구 이래?"

하고는 유리판에 기계 부딪는 젤그럭 소리에 등줄기가 다 섬뜩할 제,

"은제부터 배가 이래요?"

간호부가 뚱뚱한 의사의 말을 통변한다.

"자세히는 몰라두……."

덕순이는 이렇게 머리를 긁고는 아마 이토록 부르기는 지난 겨울부턴가봐요, 처음에는 이게 애가 아닌가 했던 것이 그렇지도 않구요, 애라면 열 달에 날 텐데,

"열석 달씩이나 가는 게 어딨습니까?"

하고는 아차, 애니 뭐니 하는 건 괜히 지껄였군 하였다. 그래 의사가 무어라고 또 입을 열 수 있기 전에 얼른 뒤미처,

"아무두 이 병이 무슨 병인지 모른다구 그래요, 난생 처음 본다구요."

하고 몇 마디 더 엱었다.

덕순이는 자기네들의 팔자를 고칠 수 있고 없고가 이 순간에 달렸음을 또 한 번 깨닫고 열심히 의사의 입만 처다보고 있는 것이다. 마는 금테안경 쓴 의사는 그리 쉽사리 입을 열려 하지 않았다. 몇 번을 거듭 주물러보고 두드려보고 들어보고 이러기를 얼마 한 다음 시답지않게 저쪽으로 가 대야에 손을 씻어가며 간호부를 통하여 하는 말이,

"이 뱃속에 어린애가 있는데요, 나올려다 소문이 적어서 그대로 죽었어요. 이걸 그냥 둔다면 앞으로 일주일을 못 갈 것이니 수술을 해야겠으나 또 그 결과가 반드시 좋다고 단언할 수도 없는 것이며, 배를 가르고 아이를 꺼내다 만일 사불여의하여 불행을 본다더라도 전혀 관계없다는 승낙만 있다면 내일이라도 곧 수술을 하겠어요."

하고 어린 간호부는 조금도 거리낌없는 어조로 줄줄 쏟아놓다가,

"어떻게 하실 테야요?"

"글쎄요……."

덕순이는 이렇게 얼떨떨한 낯으로 다시 한번 뒤통수를 긁지 않

을 수 없었다.

　간호부의 말이 무슨 소린지 다는 모른다 하더라도 속 대중으로 저쯤은 알아챘던 것이니 아내의 생명이 위험하다는 그 말이 두렵기도 하려니와 겨우 아이를 뱄다는 것쯤, 연구거리는 못 되는 병인 양 싶어 우선 낙심하고 마는 것이다. 허나 이왕 버린 노릇이매,

　"그럼 먹을 것이 없는데요……."

　"그건 여기에서 입원시키고 먹일 것이니까 염려 마셔요……."

　"그런데 저……."

하고 덕순이는 열쩍은 낯을 무얼로 가릴지 몰라 쭈뼛쭈뼛,

　"월급 같은 건 안 주나요?"

　"무슨 월급이요?"

　"왜 여기서 병을 고치면 월급을 주는 수도 있다지요."

　"제 병 고쳐주는데 무슨 월급을 준단 말이오?"

하고 맨망스리도 톡 쏘는 바람에 덕순이는 고만 얼굴이 벌개지고 말았다. 팔자를 고치려던 그 계획이 완전히 어그러졌음을 알자, 그의 주린 창자는 척 꺾이며 두꺼운 손으로 이마의 진땀이나 훑어보는밖에 별 도리가 없는 것이다. 허나 아내의 생명은 어차피 건져야 하겠기로 공손히 허리를 굽신하여,

　"그럼 낼 데리고 올게 어떻게 해주십시오."

하고 되도록 빌붙어보았던 것이, 그때까지 끔찍끔찍한 소리에 얼

땡
볕

이 빠져서 멀뚱히 누웠던 아내가 별안간 기겁을 하여 일어나 살 뚱맞은 목성으로,

"나는 죽으면 죽었지 배는 안 째요."

하고 얼굴이 노랗게 되는데는 더 할 말이 없었다. 죽이더라도 제 원대로나 죽게 하는 것이 혹은 남편된 사람의 도릴지도 모른다. 아내의 꼴에 하도 어이가 없어,

"죽는 거보나야 수술을 하는 세 좀 낫겠지요."

비소를 금치 못하고 섰는 간호부와 의사가 눈에 보이지 않도록 덕순이는 시선을 외면하여 뚱싯뚱싯 아내를 업고 일어나려니 이게 웬일일까, 아까 오던 때와는 갑절이나 무거웠다.

덕순이는 얼마 전에 희망이 가득히 차 올라가던 길을 힘풀린 걸음으로 터덜터덜 내려오고 있었다. 보지는 않아도 지게 위에서 소리를 죽여 훌쩍훌쩍 울고 있는 아내가 눈앞에 환한 것이다. 학식이 많은 의사는 일자무식인 덕순이 내외보다 더 많이 알 것이니 생명이 한 이레를 못 가리라면 그 말을 어찌 볼 도리가 없다. 인제 남은 것은 우중충한 그 냉골에 갖다 다시 눕혀 놓고 죽을 때나 기다리고 있을 따름이다.

덕순이는 눈 위로 덮는 땀방울을 주먹으로 훔쳐가며 장차 캄캄하여 올 그 전도를 생각해 본다. 서울을 장대고 왔던 것이 벌이도 잘 안 되고 게다가 인제 아내까지 잃는 것이다. 지에미 붙을! 이

놈의 팔자가, 하고 딱한 탄식이 목을 넘어오다가 한나절이 되자 더위는 더한층 무서워진다.

덕순이는 통째 진무를 듯싶은 등허리를 견디지 못하여 먼젓번에 쉬어가던 나무 그늘에 지게를 벗어 놓는다. 땀을 들여가며 아내를 가만히 내려다보니 그동안 고생만 시키고 변변히 먹이지도 못하였던 것이 갑자기 후회가 나는 것이다. 이럴 줄 알았더라면 동네집 닭이라도 훔쳐다 먹였을걸 싶어,

"울지 말아, 그것들이 뭘 아나? 제까짓게!"

하고 소리를 뻑 지르고는,

"채미 하나 먹어볼 테야?"

"채민 싫어요!"

아내는 더위에 속이 탔음인지 한길 건너 저쪽 그늘에서 팔고 있는 얼음 냉수를 손으로 가리킨다. 남편이 한 푼 더 보태어 담배를 사려던 그 돈으로 얼음 냉수를 한 그릇 사다가 입에 먹여까지 주니 아내도 황송하여 한숨에 들이킨다. 한 그릇을 다 먹고 나서 하나 더 사다주랴 물었을 때 이번에는 왜떡이 먹고 싶다 하였다. 덕순이는 이것이 마지막이라는 생각으로 나머지 돈으로 왜떡 세 개를 사다주고는 그대로 눈물도 씻을 줄 모르고 그걸 오직오직 깨물고 있는 아내를 이윽히 바라보고 있었다. 그러나 아내가 무슨 생각을 하였는지 왜떡을 입에 문 채 훌쩍훌쩍 울며,

"저 사촌형님께 쌀 두 되 꿔다먹은 거 부대 잊지 말구 갚우."

하고 부탁할 제 이것이 필연 아내의 유언이라 깨닫고는,

"그래, 그건 염려 말아!"

"그리구 임자 옷은 영근이 어머니더러 사정 얘길 하구 좀 빨아 달래우."

하고 이야기를 곧잘 하다가 다시 입을 일그리고 훌쩍훌쩍 우는 것이다.

덕순이는 그 유언이 너무 처량하여 눈에 눈물이 핑 돌아가지고는 지게를 도로 지고 일어선다. 얼른 갖다 눕히고 죽이라도 한 그릇 더 얻어다 먹이는 것이 남편의 도릴 게다.

때는 중복허리의 쇠뿔도 녹이려는 뜨거운 땡볕이었다.

덕순이는 빗발같이 내리붓는 등골의 땀을 두 손으로 번갈아 훔쳐 가며 끙끙 내려올 제 아내는 지게 위에서 그칠 줄 모르는 그 수많은 유언을 차근차근 남기자, 울자, 하는 것이다.

만 무 방

만무방

산골에 가을은 무르녹았다.

아름드리 노송은 빽빽히 늘어박혔다.

새새이 낀 도토리, 벚, 돌배, 갈잎들은 울긋불긋. 잔디를 적시며 맑은 샘이 쫄쫄거린다. 산토끼 두 놈은 한가로이 마주앉아 그물을 할짝거리고, 이따금 정신이 나는 듯 가랑잎은 부수수하고 떨린다. 산산한 산들바람. 귀여운 들국화는 그 품에 새뜩새뜩 넘논다. 흙내와 함께 향긋한 땅김이 코를 찌른다. 요놈은 싸리버섯, 요놈은 잎 썩은 내, 또 요놈은 송이……아니, 아니, 가시닝쿨 속에 숨은 박하풀 냄새로군.

응칠이는 뒷짐을 딱 지고 어정어정 노닌다. 유유히 다리를 옮겨놓으며 이 나무 저 나무 사이로 호아든다. 코는 공중에서 벌렸다

오므렸다 연실 이러며 훅, 훅. 구붓한 한 송목 밑에 이르자 그는
발을 멈춘다. 이번에는 지면에 코를 얕이 갖다대이고 한 바퀴 비
잉, 나물끼고 돌았다.

── 아하, 요놈이로군!

썩은 솔잎에 덮이어 흙이 봉곳이 돋아올랐다.

그는 손가락을 꾸짖으며 정성스레 살살 헤쳐본다. 과연 귀여운
송이. 망할 녀석, 조금만 더 나오지 그걸 뚝 따들곤 뒷짐을 지고
다시 어실렁어실렁. 가끔 선하품은 터진다. 그럴 적마다 두 팔을
떡 벌리곤 먼 하늘을 바라보고 늘어지게도 기지개를 늘인다.

때는 한창 바쁠 추수 때이다.

농군치고 송이파적 나올 놈은 생겨나도 않았으리라. 하나 그는
꼭 해야만 할 일이 없었다. 싫으면 하고 말면 말고 그저 그뿐. 그
러함에는 먹을 것이 더러 있느냐면 있기는커녕 부쳐먹을 농토조
차 없는, 계집도 없고 집도 없고 자식도 없고. 방은 있대야 남의
곁방이요 잠은 새우잠이요. 하지만 오늘 아침만 해도 한 친구가
찾아와 벼를 털 텐데 일 좀 와 해달라는 걸 마다하였다.

몇 푼 바람에 그까진 걸 누가 하느냐. 보다는 송이가 좋았다.
왜냐하면 이 땅 삼천리 강산에 늘여놓은 곡식이 말짱 뉘 것이람.
먼저 먹는 놈이 임자 아니야. 먹다 걸릴 만치 그토록 양식을 쌓아
두고 일이 다 무슨 난장맞을 일이람. 걸리지 않도록 먹을 궁리나
할 게지. 하기는 그도 한 세 번이나 걸려서 구메밥으로 사관을 틀

었다. 마는 결국 제 밥상 위에 올라앉은 제 몫도 자칫하면 먹다 걸리긴 매일반……

올라갈수록 덤불은 우거졌다. 머루며 다래, 칡, 거기다 이름 모를 잡초. 이것들이 위아래로 이리저리 서리어 좀체 길을 내지 않는다. 그는 잔딧길로만 돌았다. 넓적다리가 번죽이는 찢어진 고의자락을 아끼며 조심조심 사려딛는다. 손에는 칡으로 엮어들은 일곱 개 송이. 늙은 소나무마다 가선 두리번거린다. 사냥개 모양으로 코로 쿡, 쿡, 내를 한다. 이것도 송이 같고 저것도 송이 같고. 어떤 게 알짜 송이인지 분간을 모른다. 토끼똥이 소보록한 데 갈잎이 한 잎 뚝 떨어졌다. 그 잎을 살며시 들어보니 송이 대구리가 불쑥 올라왔다. 매우 큰 송이인 듯. 그는 반색하여 그 앞에 무릎을 털썩 꿇었다. 그리고 그 위에 두 손을 내들며 열 손가락을 다 펴들었다. 가만가만히 살살 흙을 헤쳐본다. 주먹만한 송이가 나타난다. 애 이놈 크구나. 손바닥 위에 따올려 놓고는 한참 들여다보며 싱글벙글한다. 우중충한 구석으로 바위는 벽같이 깎아질렀다. 그 중턱을 얽어나간 칡잎에서는 물이 쪼룩쪼룩 흘러내린다. 인삼이 썩어내리는 약수라 한다. 그는 돌 위에 걸터앉으며 또 한 번 하품을 하였다. 간밤 쓸데없는 노름에 밤을 팬 것이 몹시 나른하였다. 따사로운 햇살이 숲을 새어든다. 다람쥐가 솔방울을 떨어치며, 어여쁜 할미새는 앞에서 알씬거리고. 동리에서는 타작을 하느라고 와글거린다. 흥겨워 외치는 목성, 그걸 억누르고 공

중에 응, 응, 진동하는 벼 터는 기계 소리. 맞은쪽 산속에서 어린
목동들의 노래는 처량히 울려온다. 산속에 묻힌 마을의 전경을
멀리 바라보다가 그는 눈을 찌긋하며 다시 한번 하품을 뽑는다.
이 웬놈의 하품일까. 생각해 보니 어제 저녁부터 여지껏 창주가
곱림든 것이다. 불현듯 송이꾸럼에서 그 중 크고 먹음직한 놈을
하나 뽑아들었다.

응칠이는 그 송이를 물에 써억써억 부벼서는 떡 벌어진 대구리
부터 걸삼스레 덥석 물어떼었다. 그리고 넓죽한 입이 움질움질
씹는다. 혀가 녹을 듯이 만질만질하고 향기로운 그 맛. 이렇게 훌
륭한 놈을 입맛만 다시고 못 먹다니. 문득 옛 추억이 혀끝에 뱅뱅
돈다. 이놈을 맛보는 것도 참 근자의 일이다. 감불생심이지 어디
냄새나 똑똑히 맡아보리. 산속으로 쏘다니다 백판 못 따기도 하
려니와 더러 딴다는 놈은 행여 상할까봐 손도 못 대게 하고 집에
내려다 묻고 묻고 하는 것이다. 그러나 요행히 한 꾸러미 차면 금
시로 장에 가져다 판다. 이틀 사흘씩 공들인 거로되 잘 되면 사십
전, 못 받으면 이십오 전. 저녁거리를 기다리는 아내를 생각하며
좁쌀 서너 되를 손에 사들고 어두운 고개를 터덜터덜 올라오는
건 좋으나 이 신세를 뭐에 쓰나 하고 보면 을프냥궂기가 짝이 없
겠고 —— 이까진 걸 못 먹어 그래 홧김에 또 한 놈을 뽑아들고 이
번엔 물에 흙도 씻을 새 없이 그대로 텁석거린다. 그러나 다른 놈
들도 별수없으렸다. 이 산골이 송이의 본고향이로되 아마 일 년

에 한 개조차 먹는 놈이 드물리라.

── 흠, 썩어진 두상들!

그는 폭넓은 얼굴을 이그리며 남이나 들으란 듯이 이렇게 비웃는다. 썩었다 함은 데생겼다 모멸하는 그의 언투였다. 먹다 나머지 송이꽁댕이를 바로 자랑스러이 입에다 치뜨리곤 트림을 섞어가며 우물거린다.

송이 두 개가 들어가니 이제는 먹을 재미가 없나. 뭔가 좀 든든한 걸 먹었으면 좋겠는데. 떡, 국수, 말고기, 개고기, 돼지고기, 그렇지 않으면 쇠고기나. 아따 궁한 판이니 아무거나 있으면 속중으로 여러 가질 먹으며 시름없이 앉았다. 그는 눈꼴이 슬그머니 돌아간다. 웬놈의 닭인지 암탉 한 마리가 조 아래 무덤 앞에서 뺑뺑 맨다. 골골거리며 감도는 걸 보매 아마 알자리를 보는 맥이라. 그는 돌에서 궁둥이를 들었다. 낮은 하늘로 외면하여 못 본척하고 닭을 향하여 저켠으로 널찍이 돌아내린다. 그러나 무덤까지 왔을 때 몸을 돌리며,

"후, 후, 후, 이 자식이 어딜 가 후우."

두 팔을 벌리고 쫓아간다. 산꼭대기로 치모니 닭은 허둥지둥 갈 길을 모른다. 요리매낀 조리매낀, 꼬꼬댁거리며 속만 태울 뿐. 그러나 바위 틈에 끼여 왁살스러운 그 주먹에 모가지가 둘로 나기에는 불과 몇 분 못 걸렸다.

그는 으슥한 숲속으로 찾아들었다. 닭의 껍질을 홀랑 까고서 두

다리를 들고 찢으니 배창이 옆구리로 꿰진다. 그놈은 굵어 뽑아서 껍질과 한데 뭉치어 흙에 묻어버린다.

고기가 생기고 보니 연하여 나느니 막걸리 생각. 이걸 부글부글 끓여놓고 한 사발 떡 곁들이면 똑 좋을 텐데 제기. 응칠이의 고기는 어디 떨어졌는지 술집까지 못 가는 고기였다. 아무려나 고기 먹고 술먹고 꺼꾸론 못 먹느냐. 그는 닭의 가슴패기를 입에 들여대고 쭉 찢어가며 먹기 시작한다. 쫄깃쫄깃한 놈이 제법 맛이 들었다. 가슴을 먹고 넓적다리, 볼기짝을 먹고 거반 반쯤을 다 해내고 나니 어쩐지 맛이 좀 적었다. 결국 음식이란 양념을 해야 하는군. 수풀 속으로 그냥 설렁설렁 내려온다. 솔숲을 빠져 화전께로 내릴려고 할 때 별안간 등뒤에서,

"여보게, 저 응칠이 아닌가."

고개를 돌려보니 대장간하는 성팔이가 작달막한 체수에 들깝작거리며 고개를 넘어온다. 그런데 무슨 긴한 일이나 있는지 부리나케 달려들더니,

"자네 응고개 논의 벼 없어진 거 아나?"

응칠이는 그만 가슴이 덜컥 내려앉았다. 이 바쁜 때 농군의 몸으로 응고개까지 앨 써 갈 놈도 없으려니와 또한 하필이면 절보고 벼의 없어짐을 말하는 것이 여간 심상치 않은 일이었다.

잡담 제하고 응칠이는,

"자넨 어째서 응고개까지 갔던가?"

만무방

107

하고 대담스레 그 눈을 쏘아보았다. 그러나 성팔이는 조금도 겁먹은 기색 없이,

"아 어쩌다 지냈지 뭘그래."

하며 도리어 얼레발을 치고 덤비는 수작이다. 고얀놈, 응칠이는 입때 다녀야 동무를 팔아 배를 채우는 그런 비열한 짓은 안 한다. 낯을 붉히자 눈에 불이 보이며,

"어쩌다 지냈다?"

응칠이가 이 동리에 들어온 것은 어느덧 달이 넘었다. 인제는 물릴 때도 되었고, 좀 떠보고자 생각은 간절하나 아우의 일로 말미암아 망설거리는 중이었다.

그는 오라는 데는 없어도 갈 데는 많았다. 산으로 들로 해변으로 발부리 놓이는 곳이 즉 가는 곳이다.

그러다 저물며는 그대로 쓰러진다. 남의 방앗간이고 헛간이고 혹은 강가, 시새장. 물론 수가 좋으면 괴때기 위에서 밤을 편히 잘 적도 있었다. 이렇게 하여 강원도 어수룩한 산골로 이리 넘고 저리 넘고 못 간 데 별로 없이 유람 겸 편답하였다.

그는 한 구석에 머물러 있음은 가슴이 답답할 만치 되우 괴로웠다. 그렇다고 응칠이가 본시 역마직성이냐 하면 그런 것도 아니다. 그도 오 년 전에는 사랑하는 아내가 있었고 아들이 있었고 집도 있었고, 그때야 어딜 하루라도 집을 떨어져 보았으랴. 밤마다 아내와 마주앉으면 어찌하면 이 살림이 좀 늘어볼까 불어볼까 애

간장을 태우며 갖은 궁리를 되하고 되하였다. 마는 별 뾰족한 수
는 없었다. 농사는 열심으로 하는 것 같은데 알고 보면 남는 건
겨우 남의 빚뿐. 이러다가는 결말엔 봉변을 면치 못할 것이다. 하
루는 밤이 깊어서 코를 골며 자는 아내를 깨웠다. 밖에 나아가 우
리의 세간이 몇 개나 되는지 세어보라 하였다. 그러고 저는 벼루
에 먹을 갈아 찍어들었다. 벽에 바른 신문지는 누렇게 끄을렀다.
그 위에다 불러주는 물목대로 일일이 내려적었다. 독이 세 개, 호
미가 둘, 낫이 하나로부터 밥사발, 젓가락, 짚이 석 단까지 그 다
음에는 제가 빚을 얻어온 데, 그 사람들의 이름을 쪽 적어 놓았
다. 금액은 제각기 그 아래다 달아놓고. 그 옆으론 조금 사이를
떼어 역시 조선문으로 나의 소유는 이것밖에 없노라. 나는 오십
사 원을 갚을 길이 없으매 죄진 몸이라 도망하니 그대들은 아예
싸울 게 아니고 서로 의논하여 억울치 않도록 분배하여 가기 바
라노라 하는 의미의 성명서를 벽에 남기자 안으로 문들을 걸어달
고 울타리 밑구멍으로 세 식구가 빠져나왔다.

　이것이 응칠이가 팔자를 고치던 첫날이었다.

　그들 부부는 돌아다니며 밥을 빌었다. 아내가 빌어다 남편에게,
남편이 빌어다 아내에게. 그러자 어느 날 밤 아내의 얼굴이 썩 슬
픈 빛이었다. 눈보라는 살을 에인다. 다 쓰러져가는 물방앗간 한
구석에서 섬을 두르고 언내에게 젖을 먹이며 떨고 있더니 여보게
유, 하고 고개를 돌린다. 왜, 하니까 그 말이, 이러다간 우리도 고

109

생일 뿐더러 첫째 언내를 잡겠수, 그러니 서루 갈립시다, 하는 것이다. 하긴 그럴 법한 말이다. 쥐뿔도 없는 것들이 붙어다닌댔자 별수없다. 그보담은 서로 갈리어 제맘대로 빌어먹는 것이 오히려 가뜬하리라. 그는 선뜻 응낙하였다. 아내의 말대로 개가를 해가서 젖먹이나 잘 키우고 몸 성히 있으면 혹 연분이 닿아 다시 만날지도 모르니깐 마지막으로 아내와 같이 땅바닥에서 나란히 누워 하룻밤을 새고 나서 날이 훤해지자 그는 툭툭 털고 일어섰다.

매팔자란 응칠이의 팔자이겠다.

그는 버젓이 게트림으로 길을 걸어야 걸릴 것은 하나도 없다. 논 맬 걱정도, 호포 바칠 걱정도, 빚 갚을 걱정, 아내 걱정, 또는 굶는 걱정도. 호동그란히 털고 나서니 팔자 중에는 아주 상팔자다. 먹고만 싶으면 도야지구, 닭이구, 개구, 언제나 옆을 떠날 새 없겠지, 그리고 돈, 돈도…….

그러나 주재소는 그를 노려보았다. 툭하면 오라, 가라, 하는데 학질이었다. 어느 동리고 가 있다가 불행히 일만 나면 누구보다도 그부터 붙들려간다. 왜냐하면 그는 전과 사범이었다. 처음에는 도박으로, 다음엔 절도로, 또 그 담에는 절도로, 절도로…….

그러나 이번 멀리 아우를 방문함은 생활이 궁하여 근대러 왔다거나 혹은 일을 해보러 온 것은 결코 아니었다. 혈족이라곤 단 하나의 동생이요, 또한 오래 못 본지라 때없이 그리웠다. 그래 모처럼 찾아 본 것이 뜻밖에 덜컥 일을 만났다.

지금까지 논의 벼가 서 있다면 그것은 성한 사람의 짓이라 안할 것이다.

응오는 응고개 논의 벼를 여태 베지 않았다. 물론 응오가 비어야 할 것이다. 누가 듣던지 그 형 응칠이를 먼저 의심하리라. 그럼 여기에 따르는 모든 책임을 응칠이가 혼자 지지 않으면 안 될 것이다.

응오는 진실한 농군이었다. 나이 서른하나로 무던히 철났다 하고 동리에서 쳐주는 모범 청년이었다. 그런데 벼를 베지 않는다. 남은 다들 거둬들였고 털기까지 하련만 그는 벨 생각조차 않는 것이다.

지주라든 혹은 그에게 장리를 놓은 김 참판이든 뻔질 찾아와 벼를 베라 독촉하였다.

"얼른 털어서 낼 건 내야지."

하면 그 대답은,

"계집이 다 죽게 됐는데 벼는 다 뭐지유우."

하고 한결같이 내뱉는 소리뿐이었다.

하기는 응오의 아내가 지금 기지 사경이매 틈은 없었다 하더라도 돈이 놀아서 약을 못 쓰는 이판이니 진시 벼라도 털어야 할 것이다.

그러면 왜 안 털었던가…….

그것은 작년 응오와 같이 지주 문전에서 타작을 하던 친구라면 묻지는 않으리라. 한해 동안 애를 졸이며 홀자식 모양으로 알뜰히 가꾸던 그 벼를 거둬들임은 기쁨에 틀림없었다. 꼭두새벽부터 엣, 엣 하며 괴로움을 모른다. 그러나 캄캄하도록 털고 나서 지주에게 도지를 제하고, 장리쌀을 제하고, 색조를 제하고 보니 남은 것은 등줄기를 흐르는 식은땀이 있을 따름. 그것은 슬프다 하기보다 끝없이 부끄러웠다. 같이 털어주던 동무들이 뻔히 보고 섰는데 빈지게로 덜렁거리며 집으로 놀아오는 건 진정 열쩍기 짝이 없는 노릇이었다. 참다 참다 못해 응오는 눈에 눈물이 흘렀던 것이다.

가뜩한데 엎치고 덮치더라고 올해는 그나마 흉작이었다. 샛바람과 비에 벼는 깨깨 비틀렸다. 이놈을 가을하다간 먹을 게 남지 않음은 물론이요 빚도 다 못 가릴 모양. 에라, 빌어먹을거 너들끼리 캐다 먹든 말든 마음대로 하여라, 하고 내던져두지 않을 수 없다. 벼를 거뒀다고 말만 나면 빚쟁이들은 우우 몰려들거니깐……

응칠이의 죄목은 여기에서도 또렷이 드러난다. 구구루 가만만 있으면 좋은 걸 이 사품에 뛰어들어 지주의 뺨을 제법 갈긴 것이 응칠이었다.

처음에야 그럴 작정이 아니었다. 그는 여러 곳 물을 마신 이만치 어지간히 속이 튄 건달이었다. 지주를 만나 까놓고 썩 좋은 소리로 의논하였다. 올농사는 반실이니 도지도 좀 감해 주는 게 어떠냐고. 그러나 지주는 암말 없이 고개를 모로 흔들었다. 정 이러면 일 년 품은 빼야 할테니 나는 그 논에다 불을 지르겠수, 하여도 잠자코 응치 않는다. 지주로 보면 자기로도 그 벼는 넉넉히 거둬들일 수는 있다. 마는 한번 버릇을 잘못해 놓으면 여느 작인까지 행실을 버릴까 염려하여 겉으로 독촉만 하고 있는 터이었다. 실상이야 고까진 벼쯤 있어도 고만, 없어도 고만, 그 심보를 눈치채고 응칠이는 화를 벌컥 낸 것만은 좋으나 저도 모르게 대뜸 주먹뺨이 들어갔던 것이다.

이렇게 문제 중에 있는 벼인데 귀신의 노름 같은 변괴가 생겼다. 다시 말하면 벼가 없어졌다. 그것도 병들어 쓰러진 쭉정이는 제쳐놓고 무얼로 그랬는지 알장 이삭만 따갔다. 그 면적으로 어림하면 아마 못 돼도 한 댓 말 가량은 될는지!

응칠이가 아침 일찍이 그 논께로 노닐자 이걸 발견하고 기가 막혔다. 누굴 성가시게 굴려고 그러는지 산속에 파묻힌 논이라 아직은 본 사람이 없는 모양 같다. 허나 동리에 이 소문이 퍼지기만 하면 저는 어느 모로든 혐의를 받아 폐는 족히 입어야 될 것이다.

응칠이는 송이도 송이려니와 실상은 궁리에 바빴다. 속중으로 지목 갈 만한 놈은 여럿 들어보았으나 이렇다 찍을 만한 증거가 없다. 어쩌면 재성이나 성팔이 이 두 놈 중의 짓이리라, 하고 결국 이렇게 생각하는 것도 응칠이가 아니면 안 될 것이다.

원수는 외나무 다리에서 만났다.

응칠이는 저의 짐작이 들어맞음을 알고 당장에 일을 낼듯이 성팔이의 눈을 드리 노렸다.

성팔이는 신이 나서 떠들다가 그 눈총에 어이가 질려서 그만 벙벙하였다. 그리고 얼굴이 헬쓱하여 마주보고 쳐다보더니,

"그래 자네 왜 그케 노하나. 지내다 보니깐 그러기에 일테면 자네보구 얘기지 뭐."

하고 뒷감당을 못하여 우물쭈물한다.

"노하긴 누가 노해!"

응칠이는 버팅겼던 몸에 좀더 힘을 올리며,

"응고개를 어째 갔드냐 말이지."

"놀러갔다 오는 길인데 우연히……."

"놀러갔다, 거기가 노는 덴가?"

"글쎄, 그렇게까지 물을 게 뭔가. 난 응고개 아니라 서울은 못 갈 사람인가."

하다가 성팔이는 속이 타는지 코로 후응, 하고 날숨을 크게 뽑는다.

이렇게 나오는 데는 더 물을 필요가 없었다. 성팔이란 놈도 여간내기가 아니요 구장네 솥인가 뭔가 떼어다먹고 한 번 다녀온 놈이었다. 많이 사귀지는 못했으나 동리 평판이 그놈과 같이 다니다가는 엉뚱한 일 만난다 한다. 이번에 응칠이 저 역 그 섭수에 걸렸음을 알고,

"그야 응고개라고 못 갈 리 없을 테……."

하고 한번 엇먹다. 그러나 자네두 아다시피 거 어디야 거기 바로
길이 있다든지 사람 사는 동리라면 혹 모른다 하지마는 성한 사
람이야 응고개에 뭘 먹으러 가나, 그렇지 자네야 심심하니까, 하
고 앞을 꽉 눌러 등을 떠본다. 여기에는 대답 없고 성팔이는 덤덤
이 쳐다본다. 무엇을 생각했는가 한참 있더니 호주머니에서 단풍
갑을 꺼낸다. 우선 제가 한 개를 물고 또 하나를 뽑아내대며,

"궐련 하나 피게."

매우 듬직한 낯을 해보인다.

이놈이 이에 밝기가 몹시 밝은 성팔이다. 턱없이 궐련 하나라도
선심을 쓸 궐자가 아니리라 생각은 하였으나 그렇다고 예까지 부
르대는 건 도리어 저의 처지가 불리하다.

그것은 짜장 그 손에 넘는 짓이니,

"아 웬 궐련이래."

하고 슬쩍 농치며,

"성냥 있겠나?"

일부러 불까지 거대게 하였다.

응칠이에 액을 떠넘기어 이용하려는 고 야심을 생각하면 곧 달
겨들어 다리를 꺾어놔야 옳을 것이다. 그러나 이 마당에 떠들어
대고 보면 저는 드러누워 침뱉기. 결국 뒤로 잡지 앞에서 어른거
리는 법이 아니다. 동리에 소문이 퍼질 것만 두려워하며,

"여보게 자네가 했건 내가 했건간."

하고 과연 정다히 그 등을 툭 치고 나서,

"우리 둘만 알고 동리에 말은 내지 말게."

하다가 성팔이가 이 말에 되우 놀라며 눈을 말똥말똥 뜨니,

"그까진 벼쯤 먹으면 어떤가!"

하고 껄껄 웃어버린다.

성팔이는 한굽 접히어 말문이 메였는지 얼뚤하여 입맛만 다신다.

"아예 말은 내지 말게, 응 알지."

하고 다시 다질 때에야 겨우 주저주저 입을 열어,

"내야 무슨 말을 내겠나."

하고 조금 사이를 떼어놓고,

"내야 무슨 말을……그건 염려 말게."

하더니 비실비실 몸을 돌리어 저 갈 길을 내걷는다. 그러나 저 앞 고개까지 가는 동안에 두 번이나 돌아다보며 이쪽을 살피고 살피고 하는 것만은 사실이다.

응칠이는 그 꼴을 이윽히 바라보고 입안으로 죽일놈, 하였다. 아무리 도적이라도 같은 동료에게 제 죄를 넘겨 씌우려 함은 도저히 의리가 아니다.

그건 그렇다 치고 응오가 더 딱하지 않은가. 기껏 힘들여 지어 놓았다 남 좋은 일 한 것을 안다면 눈이 뒤집힐 일이겠다.

이래서야 어디 이웃을 믿어 보겠는가…….

확적히 증거만 있어 이놈을 잡으면 대번에 요절을 내리라 결심하고 응칠이는 침을 탁 뱉아 던지고 산을 내려온다. 그런데 그놈의 행티로 가늠보면 응칠이 저만치는 때가 못 벗은 도적이다. 어느 미친 놈이 논두렁에까지 가새를 들고 오는가. 격식도 모르는 푸뚱이가 그럴려면 바로 조낟가리 수수낟가리 말이지 그 속에 들어앉아 가새로 속닥거려야 들킬 리도 없고 일도 편하고 두 포대고 세 포대고 마음껏 딸 수도 있다. 그러다 틈보고 집으로 나르면 그만이지만 누가 논의 벼를 다……그렇게도 벼에 걸신이 들었다면 바로 남의 집 머슴으로 들어가 한 달포 동안 주인 앞에 얼렁거리며 신용을 얻어 오다가 주는 옷이나 얻어입고 다들 잠들거든 볏섬이나 두둑히 짊어 메고 덜렁거리면 그뿐이다. 이건 맥도 모르는 게 남도 못살게 굴려고 에이 망할 자식두……. 그는 분노에 살이 다 부들부들 떨리는 듯싶었다. 그러나 이런 좀도둑이란 봉이 나기 전에는 바짝 물고 덤비는 법이었다. 오늘밤에는 요놈을 지켰다 꼭 붙들어 가지고 정강이를 분질러 놓리라, 밥을 먹고는 태연히 막걸리 한 사발을 껄떡껄떡 들이켜자,

"커! 가을이 되니깐 맛이 행결 낫군!"

그는 주먹으로 입가를 쓱쓱 훔친 다음 송이꾸림에서 세 개를 뽑는다. 그리고 그걸 갈퀴같이 마른 주막 할머니 손에 내어주며,

"옛수, 송이나 잡숫게유."

하고 술값을 치렀으나,

"아이 송이두 고놈 참."

간사를 피는 것이 겉으로는 반기는 척하면서도 좀 시쁜 모양이다. 제딴은 한 개에 삼 전씩 치더라도 구 전밖에 안 되니깐…….

응칠이는 슬머시 화가 나서 그 얼굴을 유심히 들여다보았다. 음푹 들어간 볼때기에 저건 또 왜 저리 멋없이 불거졌는지 툭 나온 광대뼈하고 치마 아래로 남실거리는 발가락은 사칫 잘못 보면 황새 발목이니 이건 언제 잡아가려고 남겨두는 거야……보면 볼수록 하나 이쁜 데가 없다. 한두 번 먹은 것도 아니요 언젠가 울타리께 풀을 베어주고 술사발이나 얻어먹은 적도 있었다. 그렇게 야멸차게 따질 건 뭔가. 그는 눈살을 홀깃 맞히고는 하나를 더 꺼내어,

"옛수, 또 하나 잡숫게유!"

내던져 주곤 댓돌에 가래침을 탁 뱉았다. 그제야 직성이 좀 풀리는지 그 가축으로 웃으며,

"아이구 이거 자꾸 주면 어떻게 해."

"어떡하긴 자꾸 살찌게유."

하고 한마디 툭 쏘고 일어서다가 무엇을 생각함인지 다시 툇마루에 주저앉는다.

"그런데 참 요즘 성팔이 보셨수?"

"아아니, 당최 볼 수가 없더군."

"술도 안 먹으러 와유?"

"안 와!"

하고는 입속으로 뭐라고 중얼거리며 의아한 낯을 들더니,

"왜, 또 뭐 일이……?"

"아니유, 본 지가 하 오래니깐."

응칠이는 말끝을 얼버무리고 고개를 돌리어 한데를 바라본다.
벌써 점심때가 되었는지 닭들이 요란히 울어댄다. 논둑의 미루나
무는 부 하고 또 부, 하고 잎이 날리며 팔랑팔랑 하늘로 올라간
다.

"성팔이가 이 마을에서 얼마나 살았지요?"

"글쎄, 재작년 가을이지 아마."

하고 장죽을 빡빡 빨더니,

"근대 또 떠난대든가, 홍천인가 어디 즈 성님한테로 간대."

하고 그게 옳지, 여기서 뭘 하느냐, 대장간이라구 일이나 많으면
모르거니와 밤낮 파리만 날리는데 그보다는 즈 형이 크게 농사를
짓는대니 그 뒤나 거들어 주고 구구루 얻어먹는 게 신상에 편하
겠지. 그래 불일간 처자식을 데리고 아마 떠나리라고 하고,

"농군은 그저 농사를 지야 돼."

"낼 술 먹으러 또 오지유."

간단히 인사를 하고 응칠이는 다시 일어났다.

주막을 나서니 옷깃을 스치는 개운한 바람이다. 밭둔덕의 대추

는 척척 늘어진다. 머지않아 겨울은 또 오렸다. 그는 응오의 집을
바라보며 그간 죽었는지 궁금하였다.

응오는 봉당에 걸터앉았다. 그 앞 화로에는 약이 바글바글 끓는
다. 그는 정신없이 들여다보고 앉았다.

우중충한 방에는 아내의 가쁜 숨소리가 들린다. 색, 색 하다가
아이구, 하고는 까무러지게 콜록거린다. 가래가 치밀어 몹시 괴
로운 모양 뽑아줄 사이가 없이 풀들은 뜰에 엉켰다. 흙이 드러난
지붕에서 망초가 휘어청 휘어청 바람은 가끔 찾아와 싸리문을 흔
든다. 그럴 적마다 문은 을씨년스럽게 삐이꺽 삐이꺽. 이웃의 발
발이는 부엌에서 한창 바쁘게 달그락거린다. 마는 아침에 아내에
게 먹이고 남은 조죽밖에야. 아니 그것도 참 남편이 마저 긁었으
니 사발에 붙은 찌꺼기뿐이리라…….

"거, 다 졸았나부다."

응칠이는 약이란 다 졸면 못 쓰니 고만 짜 먹여라, 하였다. 약
이라야 어제 저녁 울 뒤에서 옭아들인 구렁이지만…….

그러나 응오는 듣고도 흘렸는지 혹은 못 들었는지 잠자코 고개
도 안 든다.

"옛다, 송이 맛이나 봐라."

하고 형이 손을 내밀 제야 겨우 시선을 들었으나 술이 거나한 그
얼굴을 거북살스레 훑어본다. 그리고 송이를 고맙지 않게 받아
방에 치뜨리고는,

"이거나 먹어."

하다가,

"뭐?"

소리를 크게 질렀다. 그래도 잘 들리지 않으므로

"뭐야 뭐야, 좀 똑똑히 하라니깐?"

하고 골피를 찌푸린다.

만
무
방

그러나 아내는 손짓만으로 무슨 말인지 알 수가 없다. 음성으로 치느니보다 종이 부비는 소리랄지, 그걸 듣기에는 지척도 멀었다.

가만히 보다 응칠이는 제가 다 불안하여,

"뒤보겠다는 게 아니냐."

"그럼 그렇다 말이 있어야지."

남편은 이내 짜증을 내며 몸을 일으킨다. 병약한 아내의 음성이 날로 변하여 감을 시방 안 것도 아니련만…….

그는 방바닥에 늘어져 꼬치꼬치 마른 반송장을 조심히 일으키어 등에 업었다.

울밖 밭머리에 잿간은 놓였다. 머리가 눌릴 만치 납작한 굴속이다. 게다 거미줄은 예제없이 엉키었다. 부춛돌 위에 내려놓으니 아내는 벽을 의지하여 웅크리고 앉는다. 그리고 남편은 눈을 멀뚱멀뚱 뜨고 지키고 섰는 것이다.

이 꼴들을 멀거니 바라보다 응칠이는 마뜩지 않게 코를 휭, 풀며 입맛을 다시었다. 응오의 짓이 어리석고 울화가 터져서이다. 요즈음 응오가 형에게 말도 잘 않고 왜 어뜩비뜩하는지 그 속을 응칠이도 모르는 배 아닐 것이다.

응오가 이 아내를 찾아올 때 꼭 삼 년간을 머슴을 살았다. 그처럼 먹고 싶던 술 한 잔 못 먹었고, 그처럼 침을 삼키던 그 개고기 한 메 물론 못 샀다. 그리고 사경을 받는 대로 꼭꼭 장리를 놓았으니 후일 선채로 썼던 것이다. 이렇게까지 근사를 모아 얻은 계집이련만 단 두 해가 못 가서 이 꼴이 되고 말았다.

그러나 이 병이 무슨 병인지 도시 모른다. 의원에게 한 번이라도 변변히 뵈본 적이 없다. 혹 안다는 사람의 말인즉 뇌점이니 어렵다 하였다. 돈만 있다면야 뇌점이고 염병이고 알 바가 못 될 거로되 사날 전 거리로 쫓아나오며,

"성님!"

하고 팔을 챌 적에는 응오도 어지간히 급한 모양이었다.

"왜?"

응칠이가 몸을 돌리니 허둥지둥 그 말이 이제는 별도리가 없다. 있다면 꼭 한 가지가 남았으니 그것은 엊그저께 산신을 부리는 노인이 이 마을에 오지 않았는가. 그 도인이 응오를 특히 동정하여 십오 원만 들이어 산치성을 올리면 씻은 듯이 낫게 해주리라는데.

"성님은 언제나 돈 만들 수 있지유?"

"거, 안 된다. 치성들여 날 병이 안 낫겠니."

하여 여전히 딱 떼이고 그러게 내 뭐래던, 애전에 계집 다 버리고 날 따라 나서랬지, 하고.

"그래 농군의 살림이란 제 목매기라지!"

그러나 아우가 암말 없이 몸을 홱 돌리어 집으로 들어갈 제 응칠이는 속으로 괜한 소리를 했구나, 하였다.

응오는 도로 아내를 업어다 방에 뉘었다. 약은 다 졸았다. 불이 삭기 전 짜야 할 것이다. 식기를 기다려 약사발을 입에 대어주니 아내는 군말 없이 그 구렁이 물을 껄덕껄덕 들여마신다.

응칠이는 마당에 우두커니 앉았다. 사람의 목숨이란 과연 중하군, 하였다. 그러나 계집이라는 저 물건이 저렇게 떼기 어렵도록 중할까, 하니 암만해도 알 수 없고.

"너 참 요 건너 성팔이 알지?"

"……."

"너하고 친하냐?"

"……."

"성이 뭐래는데 거 대답 좀 하렴."

하고 소리를 빽 질러도 아우는 대답은 말고 고개도 안 든다.

그러나 응칠이는 하늘을 쳐다보고 트림만 끄윽, 하고 말았다. 술기가 코를 콱콱 찔러야 할 터인데 이건 풋김치 냄새만 코밑에서 뱅뱅 돈다. 공짜 김치만 퍼먹을 게 아니라 한잔 더 했으면 좋았을걸. 그는 일어서서 대를 허리에 꽂고 궁둥이의 흙을 털었다. 벼 도둑맞은 이야기를 할까 하다가 아서라 가뜩이나 울상이 속이 쓰릴 것이다. 그보다는 이놈을 잡아놓고 낭중 히짜를 뽑는 것이 점잖겠지……

그는 문 밖으로 나와버렸다.

답답한 아우의 살림을 보니 역 답답하던 제 살림이 연상되고 가슴이 두루 딥딥하였다. 이런 때에는 무가 십상이다. 사실 하느님이 무를 마련해 낸 것은 참으로 은혜로운 일이다. 맥맥할 때 한 개를 씹고 보면 꿀꺽 하고, 쿡 치는 그 맛이 좋고 남의 무밭에 들어가 하나를 쑥 뽑으니 가락무. 이키, 이거 오늘 운수대통이로군. 내던지고 그 다음 놈을 뽑아들고 개울로 내려온다. 물에 쓰윽 닦아서는 꽁지는 이로 베어던지고 으쩍 깨물어 붙인다.

개울 둔덕에 포플러는 호젓하게도 매출히 컸다. 자갈들은 그 밑에 옹기종기 모였다. 가생이로 잔디가 소보록하다. 응칠이는 나가자빠져 마을을 건너다보며 눈을 멀뚱멀뚱 굴리고 누웠다. 산이 뺑뺑 둘리어 숨이 콕 막힐 듯한 그 마을……

아리랑 아리랑 아라리요
아리랑 띄어라 노다가세
증기차는 가자고 왼고동 트는데
정든 임 품안고 낙누낙누

아리랑 아리랑 아라리요

아리랑 띄어라 노다가세

낼 갈지 모레 갈지 내 모르는데

옥시기 강냉이는 심어 뭐하리

아리랑 아리랑 아라리요

아리랑 띄어라…….

만
무
방

그는 콧노래로 이렇게 흥얼거리다 갑작스레 강릉이 그리웠다.
펄펄 뛰는 생선이 좋고, 아침 햇살이 빗기어 힘차게 출렁거리는
그 물결이 좋고. 이까진 둠 구석에서 쪼들리는 데 대다니. 그래도
즈이딴엔 무어 농사 좀 지었답시고 악을 복복 쓰며 잘도 떠들어
대인다. 하지만 그런 중에도 어디인가 형언치 못할 쓸쓸함이 떠
돌지 않는 것도 아니다. 삼십여 년 전 술을 빚어놓고 쇠를 울리고
흥에 질리어 어깨춤을 덩실거리고 이러던 가을과는 저 딴 쪽이
다. 가을이 오면 기쁨에 넘쳐야 될 시골이 점점 살기만 떠옴은 웬
일일고. 이렇게 보면 재작년 가을 어느 밤 산중에서 낫으로 사람
을 찔러죽인 강도가 문득 머리에 떠오른다. 장을 보고 오는 농군
을 농군이 죽였다. 그것도 많이나 되었으면 모르되 빼앗은 것이
한껏 동전 네 닢에 수수 일곱 되, 게다 흔적이 탄로날까 하여 낫
으로 그 얼굴의 껍질을 벗기고 조기 대가리 이기듯 끔찍하게 남
기고 조긴 망난이다. 흉악한 자식. 그 알량한 돈 사 전에 나 같으

125

면 가여워 덧돈을 주고라도 왔으리라. 이번 놈은 그따위 각다귀나 아닐는지 할 때 찬김과 아울러 치미는 소름에 머리끝이 다 쭈뼛하였다. 그간 아우의 농사를 대신 돌봐주기에 이럭저럭 날이 늦었다. 오늘 밤에는 이놈을 다리를 꺾어놓고 내일쯤은 봐서 설렁설렁 뜨는 것이 옳은 일이겠다. 이 산을 넘을까 저 산을 넘을까 주저거리며 속으로 점을 치다가 슬그머니 코를 골아올린다.

밤이 내리니 만물은 고요히 잠든다. 검푸른 하늘에 산봉우리는 울퉁불퉁 물결을 치고 흐릿한 눈으로 별은 떴다. 그러다 구름 떼가 몰려닥치면 깜깜한 절벽이 된다. 또한 마을 한복판에는 거친 바람이 오락가락 쓸쓸히 뒹굴고 이따금 코를 찌르는 후련한 산사 내음새. 북쪽 산밑 미루나무에 싸여 주막이 있는데 유달리 불이 반짝인다. '노세, 노세, 젊어서 노세.' 노랫소리는 나직나직 한산히 흘러나온다. 아마 벼를 뒷심대고 외상이리라…….

응칠이는 잠자코 벌떡 일어나 바깥으로 나섰다. 그리고 다 나와서야 그 집 친구에게 눈치를 안 채이도록,

"내 잠깐 다녀옴세!"

"어딜 가나?"

친구는 웬 영문을 몰라서 뻔히 치어다보다 밤이 이렇게 늦었으니 나갈 생각 말고 어여 이리 들어와 자라 하였다. 기껏 둘이 앉아서 개코 쥐코 떠들다가 급작히 일어서니까 꽤 이상한 모양이었다.

"건너 마을 가 담배 한 봉 사올라구."

"담배 여깄는데 또 사 뭐하나?"

친구는 호주머니에서 굳이 연봉을 꺼내어 손에 들어보이더니,

"이리 들어와 섬이나 좀 쳐주게."

"아참 깜빡……."

하고 응칠이는 미안스러운 낯으로 뒤통수를 긁적긁적한다. 하기는 섬을 좀 쳐달라구 며칠째 당부하는 걸 노름에 몸이 팔리어 그만 잊고 했던 것이다. 먹고 자고 이렇게 신세를 지면서 이건 썩 안됐다 생각은 했지마는,

"내 곧 다녀올걸 뭐."

어정쩡하게 한마디 남기곤 그 집을 뒤에 남긴다.

그러나 이 친구는

"그럼, 곧 다녀오게!"

하고 때를 재치는 법은 없었다. 언제나 여일같이,

"그럼 잘 다녀오게!"

이렇게 그 신상만 편하기를 비는 것이다.

응칠이는 모든 사람이 저에게 그 어떤 경의를 갖고 대하는 것을 가끔 느끼고 어깨가 으쓱거린다. 백판 모르는 사람도 데리고 앉아서 몇 번 말만 좀 하면 대뜸 구부러진다. 그렇게 장한 것인지 그 일을 하다가, 그 일이라야 도적질이지만, 들어가 욕보던 이야기를 하면 그들은 눈을 커다랗게 뜨고,

"아이구, 그걸 어떻게 당하셨수!"

하고 적이 놀라면서도

"그래 그 돈은 어떡했수?"

"또 그럴 생각이 납디까요?"

"참 우리 같은 농군에 대면 호강살이유!"

하고들 한편 썩 부러운 모양이었다. 저들도 그와 같이 진탕 먹고 살고는 싶으나 주변없어 못하는 그 울분에서 그런 이야기만 들어도 다소 위안이 되는 것이다. 응칠이는 이걸 잘 알고 그 누구를 논에다 꺼꾸로 박아놓고 달아나다가 붙들리어 경치던 이야기를 부지런히 하며,

"자네들은 안적 멀었네, 멀었어."

하고 흰소리를 치면 그들은, 옳다는 뜻이겠지, 묵묵히 고개만 끄떡끄떡하며 속없이 술을 사주고 담배를 사주고 하는 것이다.

그런데 이번 벼를 훔쳐간 놈은 응칠이를 마구 넘보는 모양 같다.

이렇게 생각하면 응칠이는 더욱 괘씸하였다. 그는 물푸레 몽둥이를 벗삼아 논둑길을 질러서 산으로 올라간다.

이슥한 그믐 칠야……

길은 어둡고 흐릿한 언저리만 눈앞에 아물거린다.

그 논까지 칠 마장은 느긋하리라. 이 마을을 벗어나는 어귀에 고개 하나를 넘는다. 또 하나를 넘는다. 그러면 그 다음 고개와

고개 사이에 수목이 울창한 산중턱을 비껴대고 몇 마지기의 논이
놓였다. 응오의 논은 그 중의 하나이었다. 길에서 썩 들어앉은 곳
이라 잘 뵈도 않는다. 동리에 그런 소문이 안 났을 때에는 천행으
로 본 놈이 없을 것이나 반드시 성팔이의 성행임에는……

응칠이는 공동묘지의 첫 고개를 넘었다. 그리고 다음 고개의 마
루턱을 올라섰을 때 다리가 주춤하였다. 저 왼편 높은 산고랑에
서 불이 반짝하다 꺼진다. 짐승 불로는 너무 흐리고……아하, 이
놈들이 또 왔군. 그는 가던 길을 옆으로 새었다. 더듬더듬 나뭇가
지를 집으며 큰 산으로 올라간다. 바위는 미끌리어내리며 발등을
찧는다. 딸기 가시에 종아리는 따갑고 엉금엉금 기어서 바위를
끼고 감돈다.

산 거반 꼭대기에 바위와 바위가 어깨를 겯고 움쑥 들어간 굴이
있다. 풀들은 뻗치어 굴 문을 막는다.

그 속에 돌아앉아서 다섯 놈이 머리들을 맞대고 수군거린다. 불
빛이 샐까 염려다. 남폿불을 얕이 달아놓고 몸들을 바싹바싹 여
미어 가리운다.

"어서 후딱후딱 쳐, 갑갑해서 원."

"이번엔 누가 빠지나?"

"이 사람이지 뭘 그래."

"다시 섞어, 어서 이 따위 수작이야."

하고 한 놈이 골을 내고 화투를 빼앗아 제 손으로 섞다가 깜짝 놀

란다. 그리고 버썩 대드는 응칠이를 벙벙히 치어다보며 얼뚤한다. 그들은 응칠이가 오는 것을 완고척이 싫어하는 눈치였다. 이런 애송이 노름판인데 응칠이를 들였다가는 맥을 못 쓸 것이다. 속으로는 되우 꺼렸다마는 그렇다고 응칠이의 비위를 건드림은 더욱 좋지 못하므로,

"아, 응칠인가, 어서 들어오게."

하고 선웃음을 치는 놈에,

"난 올 듯하기에, 자넬 기다렸지."

하며 어수대는 놈,

"하여튼 한케 떠보게."

이놈들은 손을 잡아들이며 썩들 환영이었다.

응칠이는 그 속으로 들어서며 무서운 눈으로 좌중을 한번 훑어보았다.

그런데 재성이도 그 틈에 끼어 있는 것이 아닌가. 사날 전만 해도 응칠이더러 먹을 양식이 없으니 돈 좀 취하라던 놈이 의심이 부썩 일었다. 도둑이란 흔히 이런 노름판에서 씨가 퍼진다. 고 옆으로 기호도 앉았다. 이놈은 며칠 전 제 계집을 팔았다. 그 돈으로 영동 가서 장사를 하겠다던 놈이 노름을 왔다. 제간 주제에 딸듯싶은가. 하나는 용구. 농사엔 힘 안 쓰고 노름에 몸이 달았다. 시키는 부역도 안 나온다고 동리에서 손두를 맞은 놈이다. 그리고 남의 집 머슴 녀석. 뽐을 내이고 멋없이 점잔을 피우는 중늙은

이 상투쟁이, 이 물건은 어서 날아왔는지 보지도 못하던 놈이다. 체 이것들이 뭘 한다구!

응칠이는 기호의 등을 꾹 찔러가지고 밖으로 나왔다.

외딴 곳으로 데리고 와서,

"자네 돈 좀 없겠나?"

하고 돌아서다가,

"웬걸 돈이 어디……."

눈치만 남고 어름어름하니

"아내와 갈렸다지, 그 돈 다 뭐했나?"

"아 이 사람아 빚 갚았지!"

기호는 눈을 내려깔며 매우 거북한 모양이다.

오른편 엄지로 한 코를 막고 흥, 하고 내뽑더니 이번 빚에 졸리어 죽을 뻔했네, 하고 묻지 않는 발뺌까지 얹어서 설대로 등허리를 긁적긁적한다.

그러나 응칠이는 속으로 이놈, 하였다. 응칠이는 실눈을 뜨고 기호를 유심히 쏘아주었더니

"꼭 사 원 남았네."

하고 선뜻 알리고,

"빚 갚고 뭣하고 흐지부지 녹았어."

어색하게도 혼잣말로 우물쭈물 웃어버린다. 응칠이는 퉁명스러이,

"나 이 원만 죄게."

하고 손을 내대다 그래도 잘 듣지 않으매,

"따서, 둘이 논을 테야, 누가 떼먹나."

하고 소리가 한번 빽 아니 나올 수 없다.

이 말에야 기호도 비로소 안심한 듯, 저고리 섶을 쳐들고 훔척 거리다 주뼛주뼛 꺼내 놓는다. 딴은 응칠이의 솜씨이면 낙짜는 없을 것이다. 설혹 재간이 모자라 잃는다면 우격이라도 도로 몰 아갈 테니깐……

"나두 한케 떠보세."

응칠이는 우죄스리 굴로 기어든다. 그 콧등에는 자신 있는 그리 고 흡족한 미소가 떠오른다. 사실이지 노름만치 그를 행복하게 하는 건 다시 없다. 슬프다가도 화투나 투전장을 손에 들면 공연 스레 어깨가 으쓱거리고 아무리 일이 바빠도 노름판은 옆에 못 두고 지낸다. 그는 이놈 저놈의 눈치를 한번 슬쩍 훑고,

"두 패로 나누지?"

응칠이는 재성이와 용구를 데리고 한옆으로 비켜 앉았다. 그리 고 신바람이 나서 화투를 섞다가 손을 따악 짚으며,

"튀전이래지 이깐 화투는 하여튼 뭘 할 텐가, 녹빼긴가 켤텟 가?"

"약단이나 그저 보지."

사방은 매섭게 조용하였다. 바위 위에서 혹 바람에 모래 구르는

소리뿐이다. 어쩌다

"옛다 봐라."

하고 화투짝이 쩔꺽, 한다. 그리곤 다시 쥐죽은 듯 잠잠하다.

그들은 이욕에 몸이 달아서 이야기고 뭐고 할 여지가 없다. 행여 속지나 않는가 하여 눈들이 빨개서 서로 독을 올린다. 어떤 놈이 뜨는 놈이고 어떤 놈이 뜨기는 놈인지 영문 모른다.

응칠이가 한 장을 내던지고 명월공산을 보기좋게 떡 젖혀 놓으니,

"이거 왜 수작질이야!"

용구가 골을 벌컥 내이며 쳐다본다.

"뭐가?"

"뭐라니 아, 이 공산 자네 밑에서 빼내지 않았나?"

"봤으면 고만이지 그렇게 노할 건 또 뭔가!"

응칠이는 어설피 입맛을 쩍쩍 다시다,

"그럼 이번엔 파토지?"

하고 손의 화투를 땅에 내던지며 껄껄 웃어버린다.

이때 한옆에서 별안간

"이자식, 죽인다!"

악을 쓰는 것이니 모두들 놀라며 시선을 모은다. 머슴이 마주앉은 상투의 뺨을 갈겼다. 말인즉 대조 다섯 끗을 엎어쳤다고…….

하나 정말은 돈을 잃은 것이 분한 것이다. 이 돈이 무슨 돈이냐

하면 일 년 품을 팔은 피묻은 사경이다. 이런 돈을 송두리 먹히다 니…….

"이자식, 너는 야마시꾼이지. 돈 내라."

멱살을 훔켜잡고 다시 두 번을 때린다.

"허 이놈이 왜 이러누, 어른을 몰라보고."

상투는 책상다리를 잡숫고 허리를 쓰윽 펴더니 점잖이 호령한다. 자식뻘 되는 놈에게 뺨을 맞는 건 말이 좀 덜 된다. 약이 올라서 곧 일을 칠듯이 엉덩이를 번쩍 들었으나 그러나 그대로 주저앉고 말았다. 악이 바짝 받친 놈을 건드렸다가는 결국 이쪽이 손해다. 더럽단 듯이 허, 허 웃고,

"버릇없는 놈 다 봤고!"

하고 꾸짖은 것은 잘됐으나 기어이 어이쿠, 하고 그 자리에 폭 엎으러진다. 이마가 터져서 피가 흘렀다. 어느 틈엔가 돌멩이가 날아와 이마의 가죽을 터친 것이다.

응칠이는 싱글거리며 굴을 나섰다. 공연스레 쑥스럽게 일이나 벌어지면 성가신 노릇이다. 그리고 돈 백이나 될 줄 알았더니 다 봐야 한 사십 원 될까 말까. 그걸 바라고 어느 놈이 앉았는가…….

그가 딴 것은 본밑을 알라 구 원하고 팔십 전이다. 기호에게 오 원을 내주고

"자, 반이 넘네. 자네 계집 잃고 돈 잃고 호강이겠네."

농담으로 비웃어 던지고는 숲속으로 설렁설렁 내려온다.

"여보게, 자네에게 청이 있네."

재성이 목이 말라서 바득바득 따라온다.

그 청이란 묻지 않아도 알 수 있었다. 저에게 돈을 다 빼앗기곤 구문이겠지. 시치미를 딱 떼고 나 갈 길만 걷는다.

"여보게 응칠이, 아 내 말 좀 들어!"

그제서는 팔을 잡아나꾸며 살려달라 한다. 돈을 좀 늘일까 하고 벼 열 말을 팔아 해보았더니 다 잃었다고. 당장 먹을 게 없어 죽을 지경이니 노름 밑천이나 하게 몇 푼 달라는 것이다. 그러나 벼를 털었으면 거저 먹을 것이지 어줍잖게 노름은…….

"그런 걸 왜 너보고 하랬어?"

하고 돌아서며 소리를 빽 지르다가 가만히 보니 눈에 눈물이 글썽하다. 잠자코 돈 이 원을 꺼내 주었다.

응칠이는 돌에 앉아서 팔짱을 끼고 덜덜 떨고 있다.

사방은 빼앵 돌리어 나무에 둘러싸였다. 거무투둑한 그 형상이 헐없이 무슨 도깨비 같다. 바람이 불 적마다 쏴아, 하고 쏴아, 하고 음충맞게 건들거린다. 어느 때에는 쩍, 쩍, 하고 목을 따는지 비명도 올린다.

그는 가끔 뒤를 돌아보았다. 별일은 없을 줄 아나 혹 뭐가 덤벼들지도 모른다. 서낭당은 바로 등뒤다. 쪽제비인지 뭔지, 요동 통에 돌이 무너지며 바시락바시락한다. 그 소리가 묘하게도 등줄기를 쪼옥 긁는다. 어두운 꿈속이다. 하늘에서 이슬은 내리어 옷깃을 축인다. 공포도 공포려니와 냉기로 하여 좀체로 견딜 수가 없다.

산골은 산신까지도 주렸으렷다. 아들 낳아 달라고 떡 갖다 바칠 이 없을 테니까. 이놈의 영감님 홧김에 덥석 달겨들면. 앞뒤를 다시 한번 휘돌아본 다음 설대를 뽑는다. 그리고 오금팽이로 불을 가리고는 한 대 뻑뻑 피워 물었다. 논은 여남은 칸 떨어저 고 알에 누웠다. 일심 정기를 다하여 나무 틈으로 뚫어보고 앉았다. 그러나 땅에 대를 털려니까 풀숲이 이상스러이 흔들린다. 뱀, 뱀이 아닌가. 구시 월 뱀이라니 물리면 고만이다. 자리를 옮겨앉으며 손으로 입을 막고 하품을 터친다.

아마 두어 시간은 더 넘었으리라. 이놈이 필연코 올 텐데 안 오니 이 또 무슨 조활까. 이 짓이란 소문이 나기 전에 한번 더 와보는 것이 원칙이다. 잠을 못 자서 눈이 뻑뻑한 것이 제물에 슬금슬금 감긴다. 이를 악물고 눈을 뒤쓰면 이번에는 허리가 노글거린다. 속은 쓰리고 골치는 때리고, 불꽃 같은 노기가 불끈 일어서 몸을 옥죄인다. 이놈의 다리를 못 꺾어놔도 애비 없는 호래 자식이겠다.

닭들이 세 홰를 운다. 머얼리 산을 넘어오는 그 음향이 퍽은 서글프다. 큰 비를 몰아드는지 검은 구름이 잔뜩 끼인다. 하긴 지금도 빗방울이 뚝, 뚝, 떨어진다.

그때 논둑에서 희끄무레한 허깨비 같은 것이 얼씬거린다. 정신을 바짝 차렸다. 영낙없이 성팔이, 재성이 그들 중의 한 놈이리라. 이 고생을 시키는 그놈! 이가 북북 갈리고 어깨가 다 식식거린다. 몽둥이를 잔뜩 우려잡았다. 그리고 벌떡 일어나서 나무줄기를 끼고 조심조심 돌아내린다. 허나 도랑쯤 내려오다가 그는 멈칫하여 몸을 뒤로 물렀다. 늑대 두 놈이 짝을 짓고 이편 산에서 저편 산으로 설렁설렁 건너가는 길이었다. 빌어먹을 늑대, 이것까지 말썽이람. 이마의 식은땀을 씻으며 도로 제자리로 돌아온다. 어쩌면 이번 이놈도 재작년 강도짝이나 안 될는지. 급시로 불길한 예감이 뒤통수를 탁 치고 지나간다. 그는 옷깃을 여미어 한 대를 더 붙였다. 돌연히 풍세는 심하여진다. 산골짜기로 몰아드는 억센 놈이 가끔 발광이다. 다시금 더르르 몸을 떨었다. 가을은 왜 이 지경인가. 여기에서 밤새울 생각을 하니 기가 찼다.

얼마나 되었는지 몸을 좀 녹이고자 일어나서 서성서성 할 때이었다. 논으로 다가오는 희미한 그림자를 분명히 두 눈으로 보았다. 그리고 보니 피로고, 한고이고 다 딴 소리다. 고개를 내대고 딱 버티고 서서 눈에 쌍심지를 올린다.

흰 그림자는 어느 틈엔가 어둠 속에 사라져 보이지 않는다. 그리고 다시 나올 줄을 모른다. 바람 소리만 왱, 왱, 칠 뿐이다. 다시 암흑 속이 된다. 확실히 벼를 훔치러 논 속으로 들어갔을 것이다. 여깽이 같은 놈이 궂은 날씨를 기화삼아 맘껏 하겠지. 의리

없는 썩은 자식, 격장에서 같이 굶는 터에……오냐 대거리만 있거라. 이를 한 번 부드득 갈아붙이고 차츰차츰 논께로 내려온다.

응칠이는 논께로 바특이 내려서서 소나무에 몸을 착 붙였다. 섣불리 서둘다간 남의 횡액을 입을지도 모른다. 다 훔쳐가지고 나올 때만 기다린다. 몽둥이는 잔뜩 힘을 올린다.

한 식경쯤 지났을까, 도적은 다시 나타난다. 논둑에 머리만 내놓고 사면을 두리번거리더니 그세서 기어나온다. 얼굴에는 눈만 내놓고 수건인지 뭔지 헝겊이 가리었다. 봇짐을 등에 짊어메고는 허리를 구붓이 뺑손을 놓는다. 그러자 응칠이가 날쌔게 달려들며,

"이자식, 남의 벼를 훔쳐가니!"

하고 대포처럼 고함을 지르니 논둑으로 고대로 데굴데굴 굴러서 떨어진다. 얼결에 호되게 놀란 모양이다.

응칠이는 덤벼들어 우선 허리께를 내려조겼다. 어이쿠쿠, 쿠 하고 처참한 비명이다. 이 소리에 귀가 번쩍 뜨여서 그 고개를 들고 팔부터 벗겨보았다. 그러니 너무나 어이가 없었음인지 시선을 치걷으며 그 자리에 우두망절한다.

그것은 무서운 침묵이었다. 살뚱맞은 바람만 공중에서 북새를 논다.

한참을 신음하다 도적은 일어나더니,

"성님까지 이렇게 못살게 굴기유?"

제법 눈을 부라리며 몸을 홱 돌린다. 그리고 느끼며 울음이 북받친다. 봇짐도 내버린 채,

"내 것 내가 먹는데 누가 뭐래?"

하고 데퉁스러이 내뱉고는 비틀비틀 논 저쪽으로 없어진다.

형은 너무 꿈속 같아서 멍하니 섰을 뿐이다.

그러나 얼마 지나서 한 손으로 그 봇짐을 들어본다. 가뿐하니 끽 말가웃이나 될는지. 이까짓 걸 요렇게까지 해가려는 그 심정은 실로 알 수 없다. 벼를 논에다 도로 털어버렸다. 그리고 아내의 치마겠지 검은 보자기를 척척 개서 들었다. 내 걸 내가 먹는다……그야 이를 말이랴. 허나 내 걸 내가 훔쳐야 할 그 운명도 얄궂거니와 형을 배반하고 이 짓을 벌인 아우도 아우렷다. 에이 고얀놈, 할 제 보를 적시는 것은 눈물이다. 그는 주먹으로 눈물을 쓱, 부비고 머리에 번쩍 떠오르는 것이 있으니 두레두레한 황소의 눈깔. 시오 리를 남쪽 산으로 들어가면 어느 집 바깥 뜰에 밤마다 늘 매어 있는 투실투실한 그 황소. 아무렇게 따지든 칠십 원은 갈 데 없으리라. 그는 부리나케 아우의 뒤를 밟았다.

공동묘지까지 거반 왔을 때에야 가까스로 만났다. 아우의 등을 탁 치며,

"애, 좋은 수 있다. 네 원대로 돈을 해줄게 나하구 잠깐 다녀오자."

씩씩한 어조로 기쁘도록 달랬다. 그러나 아우는 입 하나 열지

않고 그대로 실쭉하였다. 뿐만 아니라 어깨 위에 올려놓은 형의 손을 부질없단 듯이 몸으로 털어버린다. 그리고 삐익 달아난다.

이걸 보니 하 엄청나고 기가 콱 막히었다.

"이놈아!"

하고 악에 받치어,

"명색이 성이라며?"

대뜸 몽둥이는 들어가 그 볼기짝을 후려갈겼다. 아우는 모로 몸을 꺾더니 시나브로 찌그러진다. 뒤미처 앞정강이를 때리고 등을 팼다. 일어나지 못할 만치 매는 내리었다. 체면을 불구하고 땅에 엎드리어 엉엉 울도록 매는 내리었다.

홧김에 하긴 했으되 그 꼴을 보니 또한 마음이 편할 수 없다. 침을 퇴 뱉어던지곤, 팔자 드신 놈이 그저 그렇지 별수 있나, 쓰러진 아우를 일으키어 등에 업고 일어섰다. 언제나 철이 날는지 딱한 일이었다. 속 썩는 한숨을 후우 하고 내뿜는다. 그리고 어청어청 고개를 묵묵히 내려온다.

슬픈 이야기

슬픈 이야기

  암만 때렸단대도 내 계집을 내가 쳤는 데야 네가 하고 덤비면
나는 참으로 할 말이 없다. 하지만 아무리 제 계집이기로 개잡는
소리를 가끔 치게 해가지고 옆집 사람까지 불안스럽게 구는 이것
은 넉넉히 내가 꾸짖을 수 있다는 말이다. 그것도 이를테면 내가
아내를 가졌다 하고 그리고 나도 저와 같이 아내와 툭축거릴 수
있다면 혹 모르겠다. 장가를 들었어도 얼마든지 좋을 수 있을 만
치 나이가 그토록 지났는데도 어쩌는 수 없이 사글셋방에서 이렇
게 홀로 둥글둥글 지내는 놈을 옆방에다 두고 저희끼리만 내외가
투닥투닥하고 또 끼익끼익하고 이러는 것은 썩 잘못된 생각이다.
요즈음 같은 쓸쓸한 가을철에는 웬 셈인지 자꾸만 슬퍼지고 외로
워지고 이래서 밤잠이 제대로 와주지 않는 것이 결코 나의 죄는

아니다. 자정을 넘어서 새로 두 점이나 바라보련만도 그대로 고생고생 하다가 이제야 겨우 눈꺼풀이 어지간히 맞아들어 오려하는 데다 갑작스리 쿵, 하고 방이 울리는 서슬에 잠을 고만 놓치고 마는 것이다. 이것은 재론할 필요 없이 요 뒷집의 건넌방과 세 들어 있는 이 내 방과를 구분하기 위하여 떡 막아논 벽이라 육중한 몸이 되는 대로 들이받고 나가 떨어지는 소리일 것이 분명하다. 이렇게 벽을 들이받고 떨어지고, 하는 것은 일상 맡아놓고 그 아내가 해주므로 이번에도 그랬었음에 별로 틀리지 않을 것이다. 그러기에 들릴까 말까 한 나직한, 그러면서도 잡아먹을 듯이 앙크러뜨는 소리로 그 남편이 중얼거리다 픽, 하는 이것은 발길이 허구리로 들어온 게고, 그래 아내가 어구구, 하니까 그 바람에 옆에서 자던 세 살짜리 아들이 어아, 하고 놀라 깨는 것이 두루 불안스럽다. 허 이놈 또 했구나 싶어서 나는 약이 안 오를 수 없으니까 벌떡 일어나서 큰 일을 칠 거라도 같이 제법 눈을 부라린 것만은 됐으나 그렇다고 벽 너머 저쪽을 향하여 꾸중을 한다든가 하는 것이 점잖은 나의 체면을 상하는 것쯤은 모를 리 없을 것이다. 이렇게 되면 잠자기는 영 글른 공사인고로 궐련 하나를 피워 물었던 것이나 아무리 생각하여도 놈의 소행이 괘씸하여 그냥 배기기 어려우므로 캐액, 하고 요강 뚜껑을 괜스레 열었다가 깨지지 않을 만큼 아무렇게나 내리닫으며 역정을 내본단대도 저놈이 이것쯤으로 ㄲ떡할 놈이 아닌 것은 전에 여러 번 겪었으니 소용 없다. 마땅치 않게 골피를 접고 혼자서 끙끙거리고 앉아 있자니까 아이놈이 깬 듯싶어서 점점 더하는 것이 급기야엔 아내가 아마 옷궤짝에나 혹은 책상 모서리에나 그런 데다 머리를 부딪는 것 같더니 얼마든지 마냥 울 수 있는 그 설움이 남의 이목에 걸리어 겨우 목젖 밑에서만 끅끅 하도록 만들어 놓았다. 이놈이 사람을 잡을 작정인가, 하고 그대로 있기가 안심치가 않아서 내가 역정난 몸을 불쑥 일으켜가지고 벽과 기둥이 맞붙은 쪽으로 한 지 오래된 도배지가 너털너털 쪼개지고, 그래서 어쩌다 뻥 뚫린 하잘것없는 구멍으로 내외간의 싸움을 들여다보는 것은 좀 나의 실수도 되겠지만 이놈과 나의 예의니 뭐니 하고 찾기에는 제가 벌써 다 처신은 잃어놨거니와 그건 말고라도 이렇게 남 자는 걸 깨 놓았으니까 나 좀 보는데 누가 뭐랄테냐. 너털대는 벽지를 가만히 떠들고 들여다보니까 외양이 불밤송이같이 단적맞게 생긴 놈이 전기 회사의 양복을 입은 채 또는 모자도 벗는 법 없이 그대로 쪼그리고 앉아서 저보담 엄장도 훨씬 크고 투실투실히 벌은 아내의 머리를 어떻게 하다 그리도 묘하게스레 좁은 책상 밑구멍에다 틀어박았는지 궁둥이만이 위로 불끈 솟은 이걸 노리고 미리 쥐고 있었던 황밤주먹으로 한 번 콕 쥐어박고는, 이년아 네가 어쩌구 중얼거리다 또 한 번 콕 쥐어박고 하는 것이다. 아내로 논지면 울려 들었다면 벌써도 꽤 많이 울어두었겠지만 아마 시골서 조촐히 자란 계집인 듯싶어 여필종부의 매운 절개를 변치 않으려고 애초부터 남편 노는 대로만 맡겨두고 다만 가끔 가다 조금씩 끽 끽 할 뿐이었으나 한편에 울퉁이 놀라 앉았는 어린 아들은 저의 아버지가 어머니를 잡는 줄 알고 때릴 때마다 소리를 빽빽 질러 우는 것이다. 그러면 놈은 송구스러운 그 악정에 다른 사람들이 깰까 봐겁 집어먹은 눈을 이리로 돌리어 아들을 된통 쏘아보고는 이자식 울면 죽인다, 하고 제깐에는 위협을 하는 것이나 그래도 조금 있으면 또 끼익, 하는 데는 어쩔 수 없이 입을 막고서 따귀 한 개를 먹여 놓았던 것이 그 반대로 더욱 난장판이 되니까 저도 어처구니없는지 멀거니 바라보며 뒤통수를 긁는다. 놈이 워낙에 대담치가 못해서 낮 같은 때 여러 사람이 있는 앞에서는 제가 감히 아내를 치기는커녕 외출에서 들어올 적마다 가장 금실이나 두터운 듯이 애기 엄마 저녁 자셨소 어쩌오 하고 낯 간지러운 소리를 해두었다가, 다들 자고 난 뒤 잠잠한 꼭 요맘 때 야근에서 돌아와서는 무슨 대천지 원수나 품은 듯이 울지 못하도록 미리 위협해 놓고는 은근히 치고, 차고, 이러는 이놈이다. 허기야 제 아내 제가 잡아먹는데 그야 뭐랄 게 아니겠지. 그렇지만 놈이 주먹으로 얼마고 쿡쿡 쥐어박아도 아내의 살 잘 찐 투실투실한 궁둥이에는 좀처럼 아플 성싶지 않으니까 이번에는 손가락을 집게같이 꼬부려 가지고 그 허구리를 꼬집기 시작하는 것인데 아픈 것은 참아왔더라도 체신이 없이 요렇게 꼬집어뜯는 데 있어서야 제아무리 춘향이기로 간지럼을 아니 타는 법이 없을 게다. 손가락이 들어올 적

슬픈 이야기

145

마다 구부려 있던 커단 몸집이 우질끈 하고 노는 바람에 머리 위에 거반 얹히다시피 된 조그만 책상마저 들먹들먹하는 걸 보면 저 괴로워도 요만조만한 괴로움이 아닐 텐데 저런 저런. 계집을 친다기로 숫제 뺨 한 번을 보기좋게 쩔꺽 하고 치면 쳤지 나는 참으로 저럴 수는 없으리라고, 아……나쁜 놈, 하고 남의 일 같지 않게 울화가 터지려고 하였던 것이다. 그보다도 우선 아무리 남편이란대도 이토록 되면 그 무 낼 쯤 두고보아 괜찮으니까 그까짓 거 실팍한 살집에다 근력 좋겠다 달룽 들고 나와서 뒷간 같은 데다 틀어박고는 되는 대로 뚜드려주어도 아내가 두려워서 제가 감히 찍소리 한 번 못할 텐데 그걸 못하고 저런 저런, 에이 분하다. 그럼 그것은 내외간의 찌들은 정이 막는다 하기로니 당장 그 무서운 궁둥이만 위로 번쩍 들 지경이면 그 통에 놈의 턱주가리가 치바쳐서 뒤로 벌렁 나가떨어지는 꼴이 그런대로 해롭지 않을 텐데 글쎄 어쩌자고 그러나 좀더 분을 돋워놓으면 혹 그럴는지도 모를 듯해서 놈의 무참한 꼴을 상상하며 이제나 저제나 하고 은근히 조를 부볐던 것이 이내 경만 치고 말으므로 저런, 저런 하다가 부지중 주먹이 불끈 쥐어졌던 것이나 놈이 휘둥그런 눈을 들어 이쪽을 바라볼 때에 비로소 내 주먹이 벽을 울려친 걸 알고 깜짝 놀랐다. 허물 벗겨진 주먹을 황망히 입에 들여대고 엉거주춤히 입김을 쏘이고 섰노라니까 잠 안 자고 게 서서 뭘 하오, 하고 변소에를 다녀가는 듯싶은 심술궂은 쥔 노파가 긴치 않게 바라보더니 내 방 앞으로 주춤주춤 다가와서 눈을 찌긋하고 하는 소리가 왜 남의 계집을 자꾸 들여다보고 그류, 괜히 맘이 동하면 잠도 못 자고, 하고 거지반 비웃는 것이 아닌가. 내가 나이 찬 홀몸이고 또 저쪽이 남편에게 소박받는 계집이고 하니까 이런 경우에는 남모르게 이러구저러구 하는 것이 사차불피의 일이라고 제멋대로 이렇게 생각한 그는 요즘으로 들어서 나의 일거일동, 이를테면 뒷간에서 뒤를 보고 나온다든가 하는 쓸데 적은 그런 행동에나마 유난히 주목하여 두는 버릇이 생겨서 가끔 내가 어마어마하게 눈총을 겨누는 것도 무서운 줄 모르고 나중에는 심지어 저놈이 계집을 떼던지려고 지금 저렇게 못살게 구는 거라우, 이혼만 하거든 그저 두말 말고 데꺽 꿰차면 고만 아니오, 하며 그러니 얼마나 좋으냐고 나는 별로 좋을 것이 없는 것 같은데 아주 좋다고 깔깔 웃는 것이다. 이 노파의 말을 들어보면 저놈이 십삼 년 동안이나 전차 운전수로 있다가 올에서야 겨우 감독이 된 것이라는데 그까짓 걸 바루 무슨 정승 판서나 한 것같이 곤대질을 하며 동리로 돌아치는 건 그런대로 봐준다 하더라도 갑작스레 무슨 지랄병이 났는지 여학생 장가 좀 들겠다고 아내보고 너 같은 시골뜨기하고 살면 내 낯이 깎인다, 하며 어서 친정으로 가라고 줄청같이 들볶는 모양이니 이건 짜장 괘씸하다. 제가 시골서 처음 올라와서 전차 운전수가 되어가지고, 지금 사람이 원체 착실해서 돈도 무던히 모였다고 요 통안서 소문이 자자하게 난 그 저늠 팔백 원이라나 얼마나를 모으기 시작할 때 어떻게 생각하면 밤일에서 늦게 돌아오다가 속이 후출하여 다른 동무들은 냉면을 먹고, 설렁탕을 먹고, 하는 것을 놈은 홀로 집으로 돌아와 이불 속에서 언제나 잊지 않고 꼭 대추 두 개로만 요기를 하고는 그대로 자고 자고 한 그 덕도 있거니와 엄동에 목도리, 장갑, 하나 없이 그리고 겹저고리로 떨면서 아침 저녁 격금내기로 벤토를 부치러 다니던 그 아내의 피땀이 안 들고야 그 칠팔백 원 돈이 어디서 떨어지는가. 그런 공로를 모르고 똥깨 떨 거 다 떨고 나니까 놈이 계집을 내차는 것이지만 그렇게 되면 제놈 신세는 볼일 다 볼게라고 입을 삐쭉이다가 아무튼 이혼만 하였다면야 내가 새에서 중신을 서주기라도 할 게니 어디 한번 데리고 살아보구려, 하며 그 아내의 얼만큼이든가 남편에게 충실할 수 있는 미점을 들기에 야윈 손가락이 부질없이 폈다 접었다. 이리 수선이다. 이 신당리라는 데는 본시가 푼푼치 못한 잡동사니만이 옹기종기 몰킨 곳으로 점잔한 것이라고는 전에 한 번도 해본 일 없이 오직 저 잘난 놈이 태반일진댄 감독됐으니까, 여학생 장가 좀 들어보자고 본처더러 물러서 달라는 것이 이상할 게 없고, 또 한편 거리에서 말똥만 굴러도 동리로 돌아다니며 말을 드는 수다쟁이들이매 밤마다 내가 벽 틈으로 눈을 들여놓고 정신없이 서 있어서 저 남의 계집보고 조갈이 나서 저런다는 것쯤 노해서는 아니 되겠지만 그래도 조금 심한 것 같다. 이놈의 늙은이가 남 곤잘 있는 놈 바람맞히지 않나 싶어서 할

148

머니나 그리루 장가 가시구려, 하고 소리를 빽 질렀던 것이나 실상은 밤낮 남편에게 주리경을 치는 그 아내가 가엾은 생각이 들길래 그럴 양이면 애초에 갈라서는 것이 좋지 않을까 보냐. 마는 부부간의 정이란 그 무언지 짧지 않은 세월에 찔기둥찔기둥이 맺어진 정은 일조일석에는 못 끊는 듯싶어 저러고 있는 것을 요즈음에는 그 동생으로 말미암아 더 매를 맞는다는 소문이었다. 한편에다 여학생 신가정을 꿈꾸는 놈에게 본처라는 것이 눈의 가시만치나 미운데다가 한 열흘 전에는 시골 처가에서 처남이 올라와서 농사 못 짓겠으니 나 월급자리에 좀 넣어달라고 언내 알라 세 사람을 재우기에도 옹색한 셋방에 깍지똥 같은 커단 몸집이 넓직하게 터를 잡고는 늘큰히 묵새기고 있다면 그야 화도 조금 나겠지. 하지만 놈에게는 그게 아니라 하루에 세 그릇씩 없어지는 그 밥쌀에 필연 겁이 더럭 났을 것이다. 그렇다고 처남을 면대놓고 밥쌀이 아까우니 너 갈 데로 가라고 내쫓을 수는 없을 만큼 놈도 소견이 되었던 것이다. 이것은 적실히 놈의 불행이라 안 할 수 없는 것으로 상 앞에서는, 아 여보게 고만 자시나, 물에 말아서 찬찬히 더 들어봐, 하고 겉면을 꾸미다가 밤에 들어와서는 이러면 저두 생각이 있으려니, 확신하고 아내를 생트집으로 뚜드려 패자니 몇 푼 어치 못 되는 근력에 허덕허덕 고만 지고 마는 것이다. 그러면 처남은 누이 맞는 것이 가엾기는 하나 그렇다고 어쩌는 수는 없는고로 무색하여 밖으로 비슬비슬 피해 나가는 것이다.

이래도 맞고 저래도 맞는 그 아내의 처지는 실로 딱한 것으로 이대로 내가 두고 보는 것은 인륜에 벗어나는 일이라 생각하고, 그 담날 부리나케 찾아가 놈을 꾸짖었단대도 그리 어쭙잖은 일은 아닐 것이다. 내가 대문간에 가 서서 그 집 아이에게 건넌방에 세들은 키 조그만 감독 좀 나오래라, 해가지고 그동안 곁방에서 살았고 또 전자부터 잘났다는 성식은 익히 들었건만 내가 못나서 인사가 이렇게 늦었다고 나의 이름을 내니까 놈도 좋은 낯으로 피차 없노라고 달랑달랑 쏟으며 멋없이 빙긋 웃는 양이 내 무슨 저에게 소청이라도 있어 간 것같이 생각하는 듯하여 불쾌한 마음으로 나는 뭐 전기회사에서 오란대두 안 갈 사람이라고 오해를 풀어주고는 그 면상판을 이윽히 들여다보며, 오 네가 매밤의 대추 두 개로 돈 팔백 원을 모은 놈이냐, 하고는 그 지극한 정성에 다시금 감탄하지 않을 수가 없었다. 비록 낯짝이 쪼그라들고 코, 눈, 입이 번뜻하게 제자리에 못 되고는 넝마전 물건같이 시들번히 게붙고 게붙고 하였을망정 제법 총기 있어 보이는 맑은 두 눈이며 깝신깝신 굴러나오는 쇠명된 그 음성, 아하 돈은 결국 이런 사람이 갖는 게로구나, 하고 고개를 끄덕거리다 그럼 무슨 일로 오셨습니까? 하는 바람에 그제서야 나의 이 심방의 목적을 다시금 깨닫게 되었다. 허나 그대로 네 계집 치지 말라고 할 수는 없는 게니까 아참 전기회사의 감독되기가 무척 힘드나 보든데, 하며 그걸 어떻게 그다지도 쉽사리 네가 영예를 얻었느냐고 놈을 한창 구슬리다가, 뭐 그야 노력하면 될 수 있겠지요, 하며 흥청흥청 뻐기는 이때가 좋을 듯싶어서 그렇지만 그런 감독님의 체면으로 부인을 콕콕 쥐어박는 것은 좀 덜된 생각이니까 아예 그러지 마슈, 하니까 놈이 남의 충고는 듣는 법 없이 대번에 낯을 붉히더니 댁이 누굴 교훈하는 거요, 하고 볼멘소리를 치며 나를 얼마간 노리다가 남의 내간사에 웬 참견이요, 하는 데는 고만 어이가 없어서 벙벙히 서 있었던 것이나 암만해도 놈에게 호령을 당한 것은 분한 듯싶어 그럼 계집을 쳐서 개잡는 소리를 끼익끼익 내게 해가지고 옆집 사람도 못 자게 하는 것이 잘했소, 하고 놈보다 좀더 크게 질렀다. 그랬더니 놈이 뻬얀히 쳐다보다가 이건 또 무슨 의미인지 잠자코 한옆으로 침을 탁 뱉아던지기가 무섭게, 이것이 필연 즈 여편네의 신이겠지, 커다란 고무신을 짤짤 끌며 안으로 들어갔으니 놈이 나를 모욕했는가 혹은 내가 무서워서 피했는가, 그걸 알 수가 없으니까 옆에서 구경하고 서 있던 아이에게 다시 한번 그 감독을 나오라고 시키어보았던 것이나 이젠 안 나온대요, 하고 전갈만 해오는 데야 난들 어떻게 하겠는가 망할 놈, 아주 겁쟁이로구나, 하고 입속으로 중얼거리며 좀더 행위가 방정토록 꾸짖어 주지 못한 것이 유한이 되는 그대로 별수없이 집으로 돌아왔던 것이나 밤이 이슥하여 잠결에 두 내외의 소근소근하는 소리가 벽 너머로 들려올 적에는 아하 이래도 나의 꾸중이 제법 컸구나, 싶어 맘으로 흡족했던 것이 웬일인가. 차츰차츰 어세가

슬픈 이야기

돌아져서 결국에는 이년, 하는 엄포와 아울러 제격, 하고 김치 항아리라도 깨지는 소리가 요란히 나는 것이 아닌가. 이놈이 또 무슨 방정이 나 이러나 싶어 성가스레 눈을 부비고 일어나서 벽 틈으로 조사해 보았더니 놈이 방바닥에다 아내를 엎어놓고 그리고 그 허리를 깡총 타고 올라앉아서 이년아 말해, 바른 대로 말해 이년아, 하며 그 팔 한 짝을 뒤로 꺾어 올리는 그런 기술이었으나 어쩌면 제 다리보다도 더 굵은지 모르는 그 팔목이 호락호락히 꺾인 것도 아니거니와, 또 거기에 열을 내가지고 목침으로 뒤통수를 콕콕 쥐어박다가 그것도 힘에 부치어 결국에는 양 옆구리를 두 손으로 꼬집는다 하더라도 그것쯤에 뭣 할 아내가 아닐 텐데 오늘은 목을 놓아 울 수 있었던 만치 남다른 벅찬 설움이 있는 모양이다. 그렇게 들을 만치 타일렀건만 이놈이 또 초라니 방정을 떠는 것이 괘씸도 하고 일방 뭘 대라 하고 또 울고 하는 것이 심상치 않은 일인 듯도 하고 이래서 괜스레 언짢은 생각을 하느라고 새로 넉 점에서야 눈을 좀 붙인 것이 한나절쯤 일어났을 때에는 얻어맞는 몸같이 휘휘 들리어 얼떨김에 세수를 하고 있노라니까 쥔 노파가 부리나케 다가와 내 귀에 입을 들여대고는 글쎄 어쩌자고 남 매를 맞히우. 무슨 매를 맞혀요, 하고 고개를 돌리니까 당신이 어제 감독보고 뭐래지 않았소. 그래 저의 아내 역성을 들 때에는 필시 무슨 관계가 있을 게니 이년 서방질한 거 냉큼 대라고 어젯밤은 매로 밝혔다는 것인데, 아까 아침에 그 처남이 와서 몇 번이나 당부하기를 내가 찾아와 그런 짓을 하면 저 누님의 신세는 영영 망쳐 놓는 것이니 앞으론 아예 그러한 일이 없도록 삼가달라고 하였으니 글쎄 반했으면 속으로나 반했지 제 남편보고 때리지 말라는 법이 어디 있소, 하고 매우 딱하게 눈살을 접는 것이다. 그리고 보니 그 아내를 동정한 것이 도리어 매를 맞기에 똑 알맞도록 만들어논 폭이라 미안도 하려니와 한편 모든 걸 그렇게도 알알이 아내에게로만 들씌러드는 놈의 소행에는 참으로 의분심이 안 일 수 없으니까, 수건으로 낯도 씻을 줄 모르고 두 주먹만 불끈 쥐고는 그냥 뛰어나갔다. 가로지든 세로지든 이놈과 단판 씨름을 하리라고 곁을 하고는 대문가에 가 서서 커다랗게 박감독, 하고 한 서너 번 불렀던 것이나 놈은 아니 나오고, 한 삼십여 세 가량의 가슴이 떡 벌어지고 우람스런 것이 필연 이것이 그 처남일 듯싶은 시골 친구가 나와서 뻔히 쳐다보더니 마침내 말 없이도 제대로 알아차렸는지 어리눅는 어조로, 아 이거 글쎄 왜 이러십니까 하며 답답한 상을 지어보이는 것이 아닌가. 그리고 넌지시 하는 사정의 말이 이러시면 우리 누님의 전정은 아주 망쳐 놓으시는 겝니다. 그러니 아무쪼록 생각을 고치라고 촌뜨기의 분수로는 너무 능숙하게 넓적한 손뼉을 펴들고 안 간다고 뻣디디는 나의 어깨를 왜 이러십니까 하고 골문 밖으로 슬근슬근 밀어내오는 것이었으나 주춤주춤 밀려나오며 가만히 생각해 보니 변변히 초면 인사도 없는 이놈에게마저 내가 어린애로 대접을 받는 것은 참 너무도 슬픈 일이었다. 나중에는 약이 바짝 올라서 어깨로 그 손을 뿌리치며 홱 돌아선 것만은 썩 잘된 것 같은데 시꺼먼 낯판대기와 떡 벌은 그 엄장에 이건 나하고 맞두드릴 자리가 아님을 깨닫고는 어째 보는 수 없이 그대로 돌아서고 마는 자신이 너무도 야속할 뿐으로 이렇게 밀려오느니 차라리 내 발로 걷는 것이 나을 듯싶어 집을 향하여 삐잉 오는 것이다. 내가 아내를 갖든지 그렇지 않으면 이놈의 신당리를 떠나든지 이러는 수밖에 별도리가 없으리라고 마음을 먹고는 내 방으로 부르르 들어와 이부자리며 옷가지를 거듬거듬 뭉치고 있는 것을 한옆에서 수상히 보고 서 있던 주인 노파가 눈을 찌그시 그 왜 짐을 묶소 하고 묻는 것까지도 내 맘을 제대로 몰라주는 듯하여 오직 야속한 생각만이 들 뿐이므로 난 오늘 떠납니다 하고 투박한 한마디로 끊어버렸다.

이런 음악회

이런 음악회

내가 저녁을 먹고서 종로거리로 나온 것은 그럭저럭 여섯 점 반이 넘었다. 너펄대는 우와기 주머니에 두 손을 꽉 찌르고 그리고 휘파람을 불며 올라오자니까,

"애!"

하고 팔을 뒤로 잡아채며,

"너 어디 가니?"

이렇게 황급히 묻는 것이다.

나는 삐끗하는 몸을 고르잡고 돌아보니 교모를 푹 눌러쓴 황철이다. 번이 성미가 겁겁한 놈인 줄은 아나 그래도 이토록 씨근거리고 긴 달려듬에는, 하고,

"왜 그러니?"

"너 오늘 콩쿨음악대회인 거 아니?"

"콩쿨음악대회?"

하고 나는 좀 떠름하다가 그제서야 그 속이 뭣인 줄을 알았다. 이
황철이는 참으로 우리 학교의 큰 공로자이다. 왜냐하면 학교에서
운동시합을 하게 되면 늘 맡아놓고 황철이가 응원대장으로 나선
다. 뿐만 아니라 제 돈을 들여가면서 선수들을(학교에서 먹여야
번이 옳을 건데) 제가 꾸미꾸미 끌고 다니며 먹이고 놀리고 이런
다. 그리고 시합 그 이튿날에는 목에 붕대를 칭칭하게 감고 와서
똑 벙어리 소리로,

"어떠냐? 내 어제 응원을 잘 해서 이기지 않았니?"

하고 잔뜩 뽐을 내고는,

"그저 시합엔 응원을 잘 해야 해!"

그러니까 이런 사람은 영영 남 응원하기에 목이 잠기고 돈을 쓰
고 이래야 되는, 말하자면 팔자가 응원대장일지도 모른다. 이번
에도 콩쿨음악대회에 우리 반 동무가 나갔고 또 요행히 예선에까
지 붙기도 해서, 놈이 어제부터 응원대 모으기에 바빴다. 그러나
나에게는 아무 말도 없더니 왜 붙잡나 싶어서,

"그럼 얼른 가보지, 왜 이러구 있니?"

"다시 생각해 보니까 암만해도 사람이 부족하겠어."

하고 너도 같이 가자고 팔을 막 잡아끄는 것이다.

"너나 가거라. 난 음악회 싫다."

어린 음악회

나는 이렇게 그 손을 털고 옆으로 떨어지다가,

"쟤! 쟤! 내 이따 나오다가 돼지고기 만두 사주마."

함에는 어쩔 수 없이 고개를 모로 돌리어,

"대관절 몇 시간이나 하냐?"

하고 묻지 않을 수 없다. 그러나 그 대답이 끽 두 시간이면 끝나
리라 하므로 나는 안심하고 따라나섰다.

둘이 음악회장 입구에 힐레벌떡하고 다다랐을 때는 우리 반 동
무 열세 명은 벌써 와서들 기다리고 섰다. 저희끼리 낄낄거리고
수군거리고 하는 것이 아마 한창들 흉계가 벌어진 모양이다.

황철이는 우선 입장권을 사가지고 와 우리에게 한 장씩 나누어
주며 명령을 하는 것이다. 즉 우리들이 네 무더기로 나누어서 회
장의 전후좌우로 한 구석에 한 무더기씩 앉고 시치미를 딱 떼고
있다가 우리 악사만 나오거든 덮어놓고 손바닥을 치며 재청이라
고 악을 쓰라는 것이다. 그러면 암만 심사원이라도 청중을 무시
하는 법은 없으니까 일등은 반드시 우리의 손에 있다고, 허나 다
른 악사가 나올 적에는 손바닥커녕 아예 끽 소리도 말라 하고 하
나씩 붙들고는 그 귀에다,

"알았지, 응?"

그리고 또,

"알았지, 재청?"

하고 꼭꼭 다진다.

"그래그래 알았어!"

나도 쾌히 깨닫고 황철이의 뒤를 따라서 회장을 올라갔다.

새로 건축한 넓은 대강당에는 벌써 사람들 머리로 까맣게 깔리었다. 시간을 기다리다 지루했는지 고개를 길게 뽑고 수선스레 들어가는 우리들을 돌아본다. 우리는 황철이의 명령대로 덩어리 덩어리 지어 사방으로 헤어졌다. 나는 황철이와 또 다른 동무 하나와 셋이서 왼쪽으로 뒤 한구석에 자리를 잡았다.

일곱 점 정각이 되자 북적거리던 장내가 갑자기 조용하여진다. 모두들 몸을 단정히 갖고 긴장된 시선을 모았다.

제일 처음이 순서대로 성악이었다. 작달막한 젊은 여자가 나와 가냘픈 음성으로 노래를 부르는데 귀가 간지럽다. 하기는 노래보다는 조고만 두 손을 가슴께 고부려붙이고 고개를 갸웃이 앵앵거리는 그 태도가 나는 가엾다고 생각하고 하품을 길게 뽑았다. 나는 성악은 원 좋아도 안 하려니와 일반 음악에도 씩씩한 놈이 아니면 귀가 가려워 못 듣는다.

그 담에도 역시 여자의 성악, 그리고 피아노 독주, 다시 여자의 성악……그러니까 내가 앞의 사람 의자 뒤에 고개를 틀어박고 코를 곤 것도 그리 무리는 아닐 듯싶다.

얼마쯤이나 잤는지는 모르나 옆의 황철이가 흔들어 깨우므로 고개를 들어보니 비로소 우리 악사가 등장한 걸 알았다. 중학교 복으로 점잖이 바이올린을 켜고 섰는 양이 귀엽고도 한편 앙증해

보인다. 나도 졸음을 참지 못하여 눈을 감은 채 손바닥을 서너 번 때렸으나 그러나 잘 생각하니까 다른 동무들은 다 가만히 있는데 나만 치는 것이 아닌가. 게다 황철이가 옆을 콱 치면서,

"이따 끝나거든."

하고 주의를 시켜 주므로 나도 정신이 좀 들었다.

나는 그 바이올린보다도 응원에 흥미를 갖고 얼른 끝나기를 기다렸다.

연주가 끝나기가 무섭게 우리들은 목이 마른 듯이 손바닥을 치기 시작하였다. 이렇게 치고도 손바닥이 안 해지나 생각도 하였지만 이쪽에서,

"재청이오!"

하고 악을 쓰면,

"재청! 재청!"

하고 고함을 냅다 지른다.

나도 두 귀를 막고 재청을 연발했더니 내 앞에 앉은 여학생 계집애가 고개를 뒤로 돌리어 딱한 표정을 하는 것이 아닌가.

이렇게 우리들이 기가 올라서 응원을 하련만 황철이는 시무룩하니 좋지 않은 기색이다. 그 까닭은 우리 십여 명이 암만 악장을 쳐도 쾽하게 넓은 그 장내, 그 청중으로 보면 어서 떠드는지 알 수 없을 만치 우리들의 존재가 너무 희미하였다. 그뿐 아니라 재청을 요구함에도 불구하고 이번에는 말쑥이 차린 신사 한 분이

바이올린을 옆에 끼고 나오는 것이다.

　신사는 예를 멋지게 하고 또 역시 멋지게 바이올린을 턱에 갖다
대더니 그 무슨 곡조인지 아주 장쾌한 음악이다. 그러자 어느 틈
에 그는 제멋에 질리어 팔뿐 아니라 고개며 어깨까지 바이올린
채를 따라다니며 꺼떡꺼떡하는 모양이 애, 이놈 참 진짜로구나,
하고 감탄 안 할 수 없다. 더구나 압도적 인기로 청중을 매혹케
한 그것을 보더라도 우리 악사보다 몇 배 뛰어남을 알 것이다.

　그러나 내가 더 놀란 것은 넓은 강당을 뒤엎는 듯한 그 환영이
다. 일반 군중의 시끄러운 박수는 말고 위층에서(한 삼사십 명 되
리라) 떼를 지어 악을 쓰는 것이 아닌가. 재청 소리에 귀청이 터
지지 않은 것도 다행은 하나 손뼉이 모자랄까봐 발까지 굴러가며
거기에 장단을 맞추어 부르는 재청은 참으로 썩 신이 난다. 음악
도 이만하면 나는 얼마든지 들을 수 있다 생각하였다. 그리고 저
도 모르게 어깨가 실룩실룩하다가 급기야엔 나도 따라 발을 구르
며 재청을 청구하였다. 실상 바이올린도 잘 했거니와 그러나 나
는 바이올린보다 씩씩한 그 응원을 재청한 것이다. 그랬더니 황
철이가 불끈 일어서며 내 어깨를 잡고,

　"이리 좀 나오너라."

　이렇게 급히 잡아끈다. 그리고 아무도 없는 변소로 끌고 와 세
워 놓더니,

　"너 누굴 응원하러 왔니?"

하고 해쓱한 낯으로 입술을 바르르 떤다. 이놈은 성이 나면 늘 이 꼴이 되는 것을 잘 알므로,

"너 왜 그렇게 성을 내니?"

"아니 너 뭐 하러 예 왔냐 말이야?"

"응원하러 왔지!"

하니까 놈이 대뜸 주먹으로 내 복장을 콱 지르며,

"예이 이자식! 우리 건 고만 납작했는데 남을 응원해 줘?"

그리고 또 주먹을 내대려하니 암만 생각해도 아니꼽다. 하여튼 잠깐 가만히 있으라고 손으로 주먹을 막고는,

"너 왜 주먹을 내대니, 말루 못해?"

하다가,

"이놈아! 우리 얼굴에 똥칠한 것 생각 못 허니?"

하고 또 주먹으로 대들려는 데는 더 참을 수 없다.

"돼지고기 만두 안 먹으면 그만이다!"

이렇게 한마디 내뱉고는 나는 약이 올라서 부리나케 층계로 내려왔다.

따 라 지

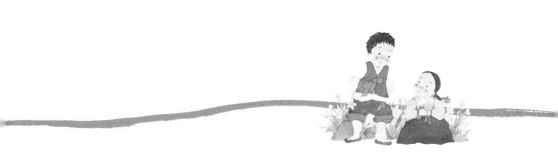

따라지

쪽대문을 열어놓으니 사직공원이 환히 내려다보인다. 인제는 봄도 늦었나 보다. 저 건너 돌담 안에는 사쿠라꽃이 벌겋게 벌어졌다. 가지가지 나무에는 싱싱한 싹이 돋고, 새침히 옷깃을 핥고 드는 요놈이 꽃샘이겠지. 까치들은 새끼 칠 집을 장만하느라고 가지를 입에 물고 날아들고…….

이런 제기랄, 우리 집은 언제나 수리를 하는 겐가. 해마다 고친다, 벼르기는 연실 벼르면서. 그렇다고 사직골 꼭대기에 올라붙은 끼웃한 초가집이라서 싫은 것도 아니다. 납작한 처마 밑에 비록 묵은 이엉이 무더기 무더기 흘러내리건 말건, 대문짝 한 짝이 삐뚜로 백이건 말건 장독 뒤의 판장이 아주 벌컥 나자빠져도 좋다. 참말이지 그놈의 부엌 옆의 뒷간만 좀 고쳤으면 원이 없겠다.

밑둥의 벽이 확 나가서 어떤 게 부엌이고 뒷간인지를 분간을 모르니. 게다 여름이 되면 부엌 바닥으로 구더기가 슬슬 기어들질 않나. 이걸 보면 고대 먹었던 밥풀이 그만 곤두서고 만다. 에이 추해, 추해, 망할 녀석의 영감쟁이 그것 좀 고쳐달라고 그렇게 성화를 해도…….

쪽대문이 도로 닫혀지며 소리를 요란히 내인다. 아침 설거지에 젖은 손을 치마로 닦으며 주인 마누라는 오만상이 찌푸려진다.

그러나 실상은 사글세를 못 받아서 약이 오른 것이다. 영감더러 받아달라면 마누라에게 밀고 마누라가 받자니 고분히 내질 않는다.

여지껏 미뤄왔지만 느들 오늘은 안 될라, 마음을 아주 다부지게 먹고 건넌방 문을 홱 열어제친다.

"여보! 어떻게 됐소?"

"아, 이거 참 미안합니다. 오늘두……."

텁수룩한 컬러머리를 이렇게 긁으며 역시 우물쭈물이다.

"오늘두라니 그럼 어떡할 작정이오?"

하고 눈을 한번 무섭게 떠보였다. 마는 이 위인은 암만 얼러도 노할 주변도 못 된다.

나이가 새파랗게 젊은 녀석이 왜 이리 할 일이 없는지 밤낮 방구석에 팔짱을 지르고 멍하니 앉아서는 얼이 빠졌다. 그렇지 않으면 이불을 뒤쓰고는 줄창같이 낮잠이 아닌가. 햇빛을 못 봐서

165

얼굴이 누렇게 찌들었다. 경무과 제복공장의 직공으로 다니는 즈누이의 월급으로 둘이 먹고 지낸다. 누이가 과부길래 망정이지 서방이라도 해가면 이건 어떡할려고 이러는지 모른다. 제 신세 딱한 줄 모르고 만날,

"돈은 우리 누님이 쓰는데요……. 누님 나오거든 말씀하십시오."

"당신 누님은 밤낮 사날만 참아날라는 게 한 아니오. 사날 사날 허니 그래 언제가 돼야 사날이란 말이오?"

"미안스럽습니다. 그러나 이번엔 사날 후에 꼭 드리겠습니다. 이왕 참아주시던 길이니."

"글쎄 언제가 사날이란 말이오."

하고 주름잡힌 이맛살에 화가 다시 치밀지 않을 수가 없다. 이놈의 사날이란 석 달인지 삼 년인지 영문을 모른다. 그러나 저쪽도 쾌쾌히 들어덤벼야 말하기가 좋을 텐데, 울가망으로 한풀 꺾이어 들옴에는 더 지껄일 맛도 없는 것이다.

"돈두 다 싫소, 오늘은 방을 내줘."

그는 말 한마디 또렷이 남기고 방문을 탁 닫아버렸다. 그러고 서너 발 투덜거리며 물러서자 다시 가서 문을 열어잡고,

"오늘 우리 조카가 이리 온다니까 어차피 방은 있어야 하겠소."

장독 옆으로 빠진 수채를 건너서면 바로 아랫방이다. 본시는 광이었으나 셋방 놓으려고 싱둥겅둥 방을 들인 것이다. 흙칠한 것

도 위채보다는 아직 성하고 신문지로 처덕이었을망정 제법 벽도 번듯하다.

비바람이 들이치어 누렇게 들뜬 미닫이었다. 살며시 열고 노려 보니 망할 노랑퉁이가 여전히 이불을 쓰고, 끙끙 누웠다. 노란 낯 짝이 광대뼈 툭 불거진 게 어제만도 더 못한 것 같다. 돈도 좋거 니와 팔자에 없는 송장을 칠까봐 애간장이 다 졸아든다. 하기야 처음 올 때에 저 병색을 모른 것도 아니고,

"영감님! 무슨 병환이슈?"

하고 겁을 먹으니까,

"감기를 좀 들렸더니 이러우."

이런 굴치 같은 영감쟁이가 또 있으랴. 그리고 그날부터 뒷간에 다 피똥을 내깔기며 이 앓는 소리로 쩔쩔매는 것이다. 보기에 추 하기도 할 뿐더러 그 신음 소리를 들을 적마다 사지가 으스러지 는 것 같다.

그러나 더 얄미운 것은 이걸 데리고 온 그 딸이었다. 버스걸 다 니니까 아마 가진 말이 심한 모양이다. 부족증이라고 한마디만 했으면 속이나 시원할 걸 여태도 감기가 쇄서 그렇다고 빠득빠득 우긴다. 방을 안 줄까봐 속인 그 행실을 생각하면 곧 눈에 불이 올라서,

"영감님, 오늘은 방셀 주셔야지요?"

"시방 내 몸이 아파 죽겠소."

영감님은 괜한 소리를 한단 듯이 썩 귀찮게 벽쪽으로 돌아 눕는다. 그리고 어구머니 끙, 움츠라드는 소리를 친다.

"아니 영 방세는 안 내실 테야요?"

하고 소리를 빽 지르지 않을래야 않을 수 없다.

"내 시방 죽는 몸이오. 가만 있수."

"글쎄 죽는 건 죽는 거고 방세는 방세가 아니오. 영감님 죽기로서 어째 내 방세를 못 받는단 말이오?"

"내가 죽는데 어째 방세는 또 낸단 말이오."

영감님은 고개를 돌리어 눈을 부릅뜨고 마나님 못지않게 호령이었다. 죽을 때가 가까워오니까 악이 받칠 대로 송두리 받친 모양이다.

"정 그렇다면 내 딸 오거든 받아가구려."

"이건 누구에게 찌다운가 원, 별 일두 다 많어이."

하고 홀로 입속으로 중얼거리며 물러가는 것도 상책일는지 모른다. 괜스레 병든 것과 겯고 틀고 이러단 결국 이쪽이 한굽 죄인다. 그보다 딸이나 오거든 톡톡히 따져서 내쫓는 것이 일이 쉬우리라.

그 옆으로 좀 사이를 두고 나란히 붙은 미닫이가 또 하나 있다. 열고자 문설주에 손을 대다가 잠깐 멈칫하였다. 툇마루 위에 무람없이 올려놓인 이 구두는 분명히 아키코의 구두일 게다. 문 열어볼 용기를 잃고 그는 부엌 쪽으로 돌아가며 쓴 입맛을 다시었다.

카펜가 뭔가 다니는 계집애들은 죄다 그렇게 망골들인지 모른
다. 영애하고 아키코는 아무리 잘 봐도 씨알이 사람될 것 같지 않
다. 아래위턱도 몰라보는 애들이 난봉질에 향수만 찾고 그래도
영애란 계집애는 비록 심술은 내고 내댈망정 뭘 물으면 대답이나
한다. 요 아키코는 방세를 내래도 입을 꼭 다물고는 안차게도 대
꾸 한마디 없다. 여러 번 듣기 싫게 조르면 그제서는 이쪽이 넬
성을 제가 내가지고,

"누가 있구두 안 내요? 좀 편히 계셔요. 어련히 낼라구, 그런
극성 첨 보겠네."

이렇게 쥐어박는 소리를 하는 것이 아닌가. 좀 편하게 계시라는
이 말에는 하 어이가 없어서도 고만 찔끔 못한다.

"망할 년! 언제 병이 들었었나?"

쓸 방을 못 쓰고 사글세를 논 것은 돈이 아쉬웠던 까닭이었다.
두 영감 마누라가 산다고 호젓해서 동무로 모은 것도 아니다. 그
런데 팔자가 사나운지 모두 우거지상, 노랑퉁이, 말괄량이, 이런
몹쓸 것들뿐이다. 이 망할 것들이 방세를 내는 셈도 아니요, 그렇
다고 아주 안 내는 것도 아니다. 한 달치는 비록 석 달에 별러 내
는 한이 있더라도 역 내는 건 내는 거였다. 즈들끼리 짜기나 한
듯이 팔십 전 칠십 전 그저 일 원, 요렇게 짤금짤금거리고 만다.

오늘은 크게 얼를 줄 알았더니 하고 보니까 역시 어저께나 다름

따
라
기

이 없다. 방의 세간을 마루로 내놔가며 세를 들인 보람이 무엇인지. 그는 마루 끝에 걸터앉아서 화풀이로 담배 한 대를 피워 문다.

그러나 아무리 생각하여도 내 방 빌리고 내가 말 못 하는 것은 병신스러운 짓임에 틀림이 없다. 담뱃대를 마루에 내던지고 약을 좀 올려가지고 다시 아래채로 내려간다. 기세 좋게 방문이 홱 열리었다.

"아키코! 이봐! 자?"

아키코는 네 활개를 벌리고 아키코답게 무사태평히 코를 골아 올린다. 젖퉁이를 풀어헤친 채 부끄럼 없고, 두 다리는 이불 싼 위로 번쩍 들어올렸다. 담배 연기가 가득 찬 방안에는 분내가 홱 끼치고…….

"이봐! 아키코! 자!"

이번에는 대문 밖에서도 잘 들릴 만큼 목청을 돋았다. 그러나 생시에도 대답 없는 아키코가 꿈속에서 대답할 리 없음을 알았다. 그저 겨우 입속으로,

"망할 계집애두, 가랑머릴 쩍 벌리고 저게 원, 쩨쩨."

미닫이가 딱 닫겨지는 서슬에 문틀 위의 안약병이 떨어진다.

그제서야 아키코는 조심히 눈을 떠보고 일어나 앉았다. 망할 년, 저보고 누가 보랬나, 하고 한 옆에 놓인 손거울을 집어든다. 어젯밤 잠을 설친 바람에 얼굴이 부석부석하였다. 궐련에 불이

붙는다.

그는 천장을 향하여 연기를 내뿜으며 가만히 바라본다. 뾰죽한 입에서 연기는 고리가 되어 한 둘레 두 둘레 새어 나온다. 고놈을 하나씩 손가락으로 꼭 찔러서 터치고, 터치고.

아까부터 영애를 기다렸으나 오정이 가까워도 오질 않는다. 단성사엘 갔는지 창경원엘 갔는지, 그래도 저 혼자는 안 갈걸, 이런 때이면 방 좁은 것이 새삼스레 불편하였다. 햇빛이 안 들고 늘 습한 건 말고, 조금만 넓었으면 좋겠다. 영애나 아키코나 둘 중의 누가 밤의 손님 있으면 하나는 나가 잘 수밖에 없다. 둘이 자주 어깨가 맞부딪치는데, 그런데 셋이 자기에는 너무 창피하였다. 나가서 자면 숙박료는 오십 전씩 받기로 하였으니까 못 잘 것도 아니다. 마는 그 담날 밝은 낮에 여기까지 허덕허덕 찾아오는 것은 어째 좀 어색한 일이었다.

어제도 카페서 나오다가 골목에서 영애를 꾹 찌르고,

"애! 너 오늘 어디서 자구 오너라."

하고 귓속말을 하니까,

"또? 애 너는 좋구나!"

"좋긴 뭐가 좋아? 애두!"

아키코는 좀 수줍은 생각이 들어 쭈뼛쭈뼛 그 손에 돈 팔십 전을 쥐어주었다. 여느 때 같으면 오십 전이지만 그만치 미안하였다. 마는 영애는 지루퉁한 낯으로 돈을 받아넣으며 또 하는 소리

가,

"애! 인젠 종로 근처로 우리 큰 방을 얻어 오자."

"그래 가만 있어……. 잘 가거라, 그리고 내일 일찍 와!"

남 인사하는 데는 대답 없고,

"나만 밤낮 나와 자는구나!"

이것은 필시 아키코에게 엇먹는 조롱이겠지. 망할 애두 저만 뚱뚱하고 못생기게 낳렸나, 그렇게 삐지게. 하지만 영애가 설마 아키코에게 삐지거나 엇먹지는 않았으리라.

아키코는 베개로 허리를 펴며 손목시계를 다시 본다. 오정하고 십오 분, 또는 삼 분. 영애가 올 때가 되었는데, 망할 고 누가 채갔나. 기지개를 한 번 늘이고 드러누우며 미닫이께로 고개를 가져간다. 문 아랫도리에 손가락 하나 드나들 만한 구멍이 뚫리었다. 주인 마누라가 그제야 좀 화가 식었는지 안방으로 휘젓고 들어가는 치마꼬리가 보인다. 그리고 마루 뒤주 위에는 언제 꺾어다 꽂았는지 정종병에 엉성히 뻗은 꽃가지. 붉게 핀 것은 복숭아꽃일 게고, 노랗게 척척 늘어진 저건 개나리다. 건넌방 문은 여전히 꼭 닫혔고 뒷간에 가는 기색도 없다. 저 속에는 지금 제가 별명 진 톨스토이가 책상 앞에 웅크리고 앉아서 눈을 감고 앉았으리라. 올라가서 이야기나 좀 하고 싶어도 구렁이 같은 주인 마누라가 지키고 앉아서 감히 나오지를 못한다.

이것은 아키코와 안채의 기맥을 정탐하는 썩 필요한 구멍이었다. 뿐만 아니라 저녁나절에는 재미스러운 연극을 보는 한 요지경도 된다. 어느 때에는 영애와 같이 나란히 누워서 베개를 베고 하나 한 구멍씩 맡아가지고 구경을 한다. 왜냐면 다섯 점 반쯤 되면 완전히 히스테리인 톨스토이의 누님이 공장에서 나오는 까닭이다.

그 누님은 성질이 어찌 괄괄한지 대문지간서부터 들어오는 기색이 난다. 입을 다물고 눈살을 접은 그 얼굴을 보면 일상 마땅치 않은, 그리고 세상의 낙을 모르는 사람이다. 어깨는 축 늘어지고 풀없이 보이면서 게다 걸음만 빠르다. 들어오면 우선 건넌방 툇마루에다 빈 벤토를 젱그렁, 하고 내다붙인다. 이것은 아우에게 시위도 되거니와 이래야 또 직성도 풀린다.

그리고 그는 눈을 휘둥그렇게 뜨고 사면의 불평을 찾기 시작한다. 마는 아우는 마당도 쓸어놓고 부뚜막의 그릇도 치고, 물독의 뚜껑도 잘 덮어놓았다. 신발장이라도 잘못 놓여야 트집을 걸 텐데 아주 말쑥하니까 물바가지를 땅으로 동댕이친다. 이렇게 불평을 찾다가 불평이 없어도 또한 불평이었다.

"마당 쓸려면 잘 쓸던지, 그릇에다 흙칠을 온통 해놨으니 이게 뭐냐?"

끝이 꼬부라진 그 책망, 아우는 속에서 끽 소리 없다.

"밥을 얻어먹으려면 밥값을 해야지, 늘 부처님같이 방구석에 꽉 앉았기만 하면 고만이냐?"

이것은 하루 몇 번씩 귀 아프게 듣는 인사이었다. 눈을 흡뜨고 서서 문 닫힌 건넌방을 향하여 퍼붓는 포악이었다. 그런 때이면 야윈 목에는 굵은 핏대가 불끈 솟고, 구부정한 허리로 게거품까지 흐른다. 그러나 이건 보통 때의 말이다. 어쩌다 공장에서 뒤를 늦게 본다고 감독에게 쥐어박히거나, 혹은 재봉침에 엄지손톱을 박아서 반쯤 죽어오는 적도 있다. 그러면 가뜩이나 급한 그 행동이 더 불이야 불이야 한다. 손에 잡히는 대로 그릇을 내던져 깨치며,

"왜 내가 이 고생을 해가며 널 먹이니 응 이놈아?"

헐없이 미친 사람이 된다. 아우는 마당에 내려와서 누님의 어깨를 두 손으로 붙잡고,

"누님 다 내가 잘못했수 그만두."

하고 달래지 않을 수 없다.

"네가 이놈아! 내 살을 뜯어먹는 거야."

"그래 알았수, 내가 다 잘못했으니 그만둡시다."

"듣기 싫어, 물러나."

하고 벌떡 떠다 밀면 땅에 펄썩 주저앉는 아우다. 열쩍은 듯 죄송한 듯 얼굴이 벌개서 털고 일어나는 그 아우를 보면 우습고도 일변 가여웠다.

그러나 더 우스운 것은 마루에서 저녁을 먹을 때의 광경이다. 누님은 밥을 퍼 가지고 올라와서는 아무 말 없이 아우 앞으로 한

그릇 쭉 밀어놓는다. 그리고 자기는 자기대로 외면하여 푹푹 퍼먹고 일어선다. 물론 반찬도 각각 먹는다. 아우는 군말 없이 두 다리를 세우고, 눈을 내리깔고는 그 밥을 떠먹는다. 방에 앉아서 주인 마누라는 업신여기는 눈으로 은근히 흘겨준다.

영애는 톨스토이가 너무 병신스러운 데 골을 낸다. 암만 얻어먹더라도 씩씩하게 대들질 못하고 저런, 저런. 그러나 아키코는 바보가 아니라 사람이 너무 착해서 그렇다고 우긴다.

하긴 그렇다고 누님이 자기 밥을 얻어먹는 아우가 미워서 그런 것도 아니다. 나뭇잎이 등금등금 날리던 작년 가을이었다. 매일같이 하 들볶이니까 온다간다 말없이 하루는 아우가 없어졌다. 이틀이 되어도 없고 사흘이 되어도 없고 일주일이 썩 지나도 영 들어오지를 않는다.

누님은 아우를 찾으러 다니기에 눈이 뒤집혔다. 그렇게 착실히 다니던 공장에도 며칠씩 빠지고 혹은 밥도 굶었다. 나중에는 아우가 한을 품고 죽었나 보다고 집에 들어오면 마루에 주저앉아서 통곡이었다. 심지어 아키코의 손목을 다붙잡고,

"여보! 내 아우 좀 찾아줘, 미치겠수."

"그렇지만 제가 어딜 간 줄 알아야지요."

"아니 그런 데 놀러가거든 좀 붙들어 줘, 부모 없이 불쌍히 자란 그놈이."

말 끝도 다 못 마치고 이렇게 울던 누님이 아니었던가. 아흐레

만에야 아우를 남대문 밖 동무집에서 찾아왔다. 누님은 기뻐서 또 울었다. 그리고 그 다음날부터 다시 들볶기 시작하였다.

이 속은 참으로 알 수 없고, 여북해야 아키코는 대문 소리만 좀 다르면,

"애 영애야! 변덕쟁이 온다. 어서 이리 와."

하고 잇속 없이 신이 오른다.

아키코는 남모르게 톨스토이를 맘에 두었다. 꿈을 꾸어도 늘 울 가망으로 톨스토이가 나타나곤 한다. 꼭 발렌티노같이 두 팔을 떡 벌리고 하는 소리가 오! 저는 당신을 사랑합니다. 이 가슴에 안겨 주소서! 그러나 생시에는 이놈의 톨스토이가 아키코의 애타는 속도 모르고 본 둥 만 둥이 아닌가. 손님에게 꼭 답장할 필요가 있어서,

"선생님, 저 연애편지 하나만 써주셔요."

아키코가 톨스토이를 찾아가면,

"저 그런 거 못 씁니다."

"소설 쓰시는 이가 그래 연애편지를 못 써요?"

하고 어안이 벙벙해서 한참 쳐다본다. 책상 앞에서 늘 쓰고 있는 것이 소설이란 말은 여러 번이나 들었다. 그래 존경해서 선생님이라고 톨스토이로 받치는데 그래 연애편지 하나 못 쓴다니 이게 말이 되느냐. 하도 기가 막혀서,

"선생님! 연애 해보셨어요?"

하면 무안당한 계집애처럼 그만 얼굴이 벌개졌다.

"전 그런 거 모릅니다."

아키코는 톨스토이가 저한테 흥미를 안 갖는 걸 알고 좀 샐쭉하였다. 카페서 구는 여급이라고 넘보는 맥인지 조선말로 부르면 숭해서 아키코로 행세는 하지만 영영 아키콘 줄 아나 보다. 어쩌면 톨스토이가 숭칙스럽게 아랫방 버스걸과 눈이 맞았는지도 모른다. 왜냐면 버스걸이 나갈 때 고때쯤 해서 톨스토이가 세수를 하러 나오고 하는 것을 보았다. 그리고 옥생각인진 몰라도 버스걸도 요즘엔 부쩍 모양을 내기에 몸이 닳았다. 며칠 전에는 버스걸이 거울과 가위를 손에 들고서 아키코의 방을 찾아왔다.

따
라
기

"언니, 나 이 머리 좀 잘라줘."

"건 왜 자를려구 그래? 그냥 두지."

"날마다 머리 빗기가 구찮아서 그래."

하고 좀 거북한 표정을 하더니,

"난 언니 머리가 좋아 뭉툭한 게!"

웃음으로 겨우 버무린다.

하 조르므로 아키코는 그 좋은 머리를 아니 자를 수 없다. 가위에 힘을 주어 그 중턱을 툭 끊었다.

버스걸은 손으로 만져보더니 재겹게 기쁜 모양이다. 확 돌아앉아서 납죽한 주둥이로 해해 웃으며,

"언니 머리같이 좀 디려 잘라주어요."

"더 자르문 못 써. 이만하면 좋지 않어?"

대구 졸랐으나 아키코는 머리를 버려놓을까봐 더 응칠 않았다. 여기에 성이 바르르 나서 버스걸은 제 방으로 가서는 제 손으로 더 몽총히 잘라버렸다. 그 뜯어논 머리에다 분을 하얗게 바르고는 아주 좋다고 나다니는 계집애다. 양말 뒤축에 빵구가 좀 나도 제 방 들어갈 제 뒤로 기어든다.

이침에 나갈 제 보면 버스걸은 커다란 책보를 옆에 끼고 아주 버젓하다. 처음에 아키코가 고등과에 다니는 학생인가, 한 것도 무리는 아니었다. 왜냐면 그 책보가 고등과에 다니는 책보같이 그렇게 탐스럽고 허울이 좋았다. 그러나 차차 알고 보니 보지도 않는 헌 잡지를 그렇게 포개고, 사이에 벤토를 꼭 물려서 싼 책보였다. 벤토 하나만 싸면 공장의 계집애나 버스걸로 알까봐서 그 무거운 잡지책을 힘드는 줄도 모르고 들고 왔다갔다 하는 것이 아니냐. 그래놓고는 저녁에 돌아올 때면 웬 도둑놈 같은 무서운 중학생 놈이 쫓아오고 한다고 늘 성화다.

"그눔 다리를 꺾어놓지."

이렇게 딸의 비위를 맞추어 병든 아버지는 이불 속에서 큰 소리다. 그리고 아침마다 딸 맘에 썩 들도록 그 책보를 싸는 것도 역 그의 일이었다. 정성스럽게 귀를 내어 문 밖으로 두 손으로 내받치며,

"애! 일찌가니 들어오너라, 감기들라."

이런 걸 보면 영애는 마뜩지 않았다. 딸에게 구리칙칙하게 구는 아버지는 보기가 개만도 못하다 했다. 그래 아키코와 쓸데 적게 주고받고 다툰 일까지 있다.

"그럼, 딸의 거 얻어먹구 그렇지도 않어?"

"그러니 더 든적스럽지 뭐냐?"

"든적스럽긴 얻어먹는 게 든적스러, 몸에 병은 있구 그럼 어떡 허니? 애두! 너무 빠장빠장 우기는구나!"

따
라
기

아키코는 샐쭉히 토라지다 고개를 다시 돌리어 웅크려 뜯는 소리로,

"너 느 아버지가 팔아 먹었다지, 그래 네 맘에 좋냐?"

"애두! 절더러 누가 그런 소리 하라나?"

하고 영애는 더 덤비지 못하고 그제서는 눈으로 치마를 걷어올린다. 이렇게까지 영애는 그 병쟁이가 몹시 싫었다. 누렇게 말라붙은 그 얼굴을 보고 김마까라는 별명을 지을 만치 그렇게 밉살스럽다. 왜냐면 어느 날 김마까가 초저녁부터 딸과 싸운 모양이었다. 새로 두 점쯤 해서 영애가 들어오니까 둘이 소곤소곤하고 싸우는 맥이다. 가뜩이나 엄살을 부리는 데다 더 흉칙을 떨며,

"어이쿠! 어이쿠! 하나님 맙시사!"

그렇지 않으면,

"하나님! 날 잡아가지 왜 이리 남겨두슈!"

아래위칸을 흙벽으로 막았으면 좋을 걸 얇은 빈지를 드리고 종

이로 발랐다. 윗칸에서 부시럭 소리만 나도 아래칸까지 그대로 흘러든다. 그 벽에다 머리를 쾅쾅 부딪치며,

"어이구! 이놈의 팔자두!"

제칸에는 딸 앞에서 죽는다고 결기를 이는 꼴이다. 그러면 딸은 표독스러운 음성으로,

"누가 아버지더러 돌아가시랬어요? 괜히 남의 비위를 긁어놓구 그러시네!"

"늙은이 보구 담배 끊으라는 게 죽으라는 게지 뭐냐!"

"그게 죽으라는 거야요? 남 들으면 정말로 알겠네."

딸이 좀더 볼멘소리로 쏘아박으니 또다시,

"어이구! 이놈의 팔자두!"

벽에 머리를 부딪치며 어린애같이 깩깩 울고 앉았다. 질긴 귀로도 못 들을 징그러운 그 울음 소리가…….

가물에 빗방울같이 모처럼 끌고 왔던 영애 손님이 이마를 접는다. 그리고 아무 말 없이 취한 걸음으로 비틀비틀 쪽마루로 내걷는다. 되는 대로 구두짝이 끌린다.

"왜 가셔요?"

"요담 또 오지."

"여보세요! 이 밤중에 어딜 간다구 그러셔요?"

하고 대문간서 그 양복을 잡아채인다. 마는 허황한 손이 올라와 툭툭 털어버리고,

"요담 또 오지."

그리고 천변을 끼고 비틀거리는 술취한 걸음이다. 영애는 눈에 독이 잔뜩 올라서 한 전등이 두셋씩 보인다.

빈 방안에 홀로 누워 입속으로 김마까를 악담하며 눈물이 핑 돈다.

벌써 한 점 사십오 분. 영애는 디툭디툭 들어오며 살집 좋은 얼굴이 싱글벙글이다. 손에는 통통한 과자봉지. 미닫이를 여니 윗목 구석에 쓸어박은 헌 양말짝, 때 쩔은 속옷, 보기에 어수선 산란하다.

"벌써 오니? 좀더 있지."

"애두! 목욕허구 온단다."

"목욕은 혼자 가니?"

하고 좀 삐지려 한다.

"그래 너 줄려구 과자 사왔어요오."

요강에서 손을 뽑으며 긴히 달겨든다. 아키코는 오줌을 눌 적마다 요강에 받아서는 이 손을 담그고 한참 있고 저 손을 담그고. 그러나 석 달이나 넘어 그랬건만 손결이 별로 고와진 것 같지 않다.

그 손을 손수건에 닦고서,

"모두 나마까시만 사왔구나."

우선 하나를 덥석 물어뗀다.

"그 손으로 그냥 먹니? 애! 난 싫단다!"

"뭐 드러워? 저두 오줌은 누면서 그래."

"그래두 먹는 것하구 같으냐?"

하지만 영애는 아키코보다 마음이 훨씬 눅었다. 더 화내지 않고 그런 양으로 앉아서 같이 집어먹는다. 그의 마음에는 아키코의 생활이 몹시 부러웠다. 여러 손님의 사랑에 고이며 예쁜 얼굴을 자랑하는 아키코. 영애 자신도 꼭 껴안아 주고 싶은, 아담스러운 그런 얼굴이다.

"그인 은제 갔니?"

"새벽녘에 내뺐단다. 아주 숫배기야."

"넌 참 좋겠다. 나두 연애 좀 해봤으면!"

"하려무나, 누가 허지 말라니?"

"아니 너 같은 연애 싫어, 정신으로 하는 연애 말이지."

하고 어딘가 좀 뒤둥그러진 소리.

"오! 보구만 속태우는 연애 말이지?"

하긴 했으나 아키코는 어쩐지 영애에게 너무 심하게 한 듯싶었다. 가뜩이나 제 몸 못난 걸 은근히 슬퍼하는 애를……

"애! 별소리 말아요. 연애두 몇 번 해보면 다 시들해지는 걸 모르니? 난 일상 맘 편히 혼자 지내는 네가 부럽더라."

하고 슬그머니 한번 문질러주면,

"뭐가 부러워? 애두! 괜히 저러지."

영애는 이렇게 부인은 하면서도 벙싯 하고 짜장 우월감을 느껴 보려 한다. 영애도 한때에는 주체궂은 살을 말리고자 아편도 먹어봤다. 남의 말대로 듬뿍 먹었다가 꼬박 이틀 동안을 일어나지도 못하고 고생하던 생각을 하면 시방도 등허리가 선뜻하다. 그러나 영애에게도 어쩌다 엽서가 오는 것은 참 신통한 일이라 아니할 수 없다.

"또 뭐 뒤져갔니?"

하고 영애는 의심이 나서 제 경대 서랍을 뒤져본다. 과연 며칠 전 어떤 전문학교 학생에게서 받은, 끔찍히 귀한 연애편지가 또 없어졌다. 사내들은 어쩌다 남의 계집애 세간을 뒤져가기 좋아하는지, 그 심사는 참으로 알 수 없다.

"또 집어갔구나? 이럼 난 모른단다!"

영애는 그만 울상이 된다.

"뭐?"

"편지 말이야!"

"무슨 편지를?"

"왜 요전에 받은 그 연애편지 말이야."

"저런! 그 망할 자식이 그건 뭣 하러 집어가, 난 통히 보덜 못했는데, 수줍은 척하더니 아주 숭악한 자식이로군!"

아키코는 가는 눈썹을 더욱이 잰다. 그리고 무색한 듯이 영애의

눈치만 한참 바라보더니,

"내 톨스토이보고 하나 써달라마. 그럼 이담 연애편지 쓸 때 그 거 보고 쓰면 고만 아냐."

하고 곱게 달랜다. 그러나 과연 톨스토이가 하나 써줄는지 그것 도 의문이다. 영애가 벌써 전부터 여기를 떠나자고 졸라도 좀 좀, 하고 망설이고 있는 아키코. 그런 성의를 모르고 톨스토이는 아 키코를 보아도 늘 한 양으로 대단치 않게 지나간다. 그렇다고 한 때는 버스걸에게 맘을 두었나, 하고 의심도 해봤으나 실상은 그 런 것도 아닐 것이다. 낮에 사직동 공원으로 올라가면 아키코는 가끔 톨스토이를 만난다. 굵은 소나무 줄기에 등을 비겨대고 먼 하늘만 정신없이 바라보고 있는 톨스토이다. 아키코가 그 앞을 지나가도 못 본 척하고 거들떠보지도 않는다. 약이 올라서 속으 로 망할 자식 하고 욕도 하여 본다. 그러나 나중에 알고 보면 못 본 척한 것이 아니라 사실은 뜨고 못 보는 것이다. 그렇게 등신같 이 한눈을 파고 섰는 톨스토이이다. 이걸 보면 아키코는 여자고 보를 중도에 퇴학하던 저의 과거를 연상하고 가엾은 생각이 든 다. 누님에게 얻어먹고 저러구 있는 것이 오죽 고생이랴.

그리고 학교 때 수신 선생이 이야기하던 착하고 바보 같다던 그 톨스토이가 과연 저런 건가, 하고 객쩍은 조바심도 든다.

아키코는 기침을 캑, 하고 그 앞으로 다가선다. 눈을 깜박깜박 하며,

"선생님! 뭘 그렇게 생각하셔요?"

하고 불쌍한 낯을 하면,

"아니오."

하고 어색한 듯이 어물어물하고 만다.

"그렇게 섰지 마시고 좀 운동을 해보셔요."

하도 딱하여 아키코는 이렇게 권고도 하여본다.

"오늘은 방을 좀 치워야 하겠소. 여기 내 조카도 지금 오고 했으니까."

주인 마누라가 약이 바싹 올라서 매섭게 쏘아본다. 방에서만 꾸물꾸물 방패막이를 하고 있는 톨스토이가 여간 밉지 않다.

"아 여보! 방의 세간을 좀 치워줘요. 그래야 오는 사람이 들어가질 않소?"

"사날만 더 참아 줍쇼. 이번엔 꼭 내겠습니다."

"아니 뭐 사글세를 안 낸대서 그런 게 아니오. 내가 오늘부터 잘 데가 없고 이 방을 꼭 써야 하겠기에, 그래서 방을 내달라는 것이지."

양복 바지를 거반 응뎅이에 걸친, 뼈드렁니가 이렇게 허리를 쓱 편다. 주인 마누라가 툭하면 불러온다던 조카라는 놈이 필연 이걸게다. 혼자 독학으로 부청에까지 출세를 한 굉장한 사람이라고 늘 침이 말랐다. 그러나 귀처진 눈은 말고, 헤벌어진 입과 양복

입은 체격하고 별로 굉장한 것 같지 않다. 게다 얼자가 분수 없이 뻐팅기려고,

"참아주시던 길이니 며칠만 더 참아주십시오."

이렇게 애걸하면,

"아 여보 당신도 그래 사람이오?"

하고 제법 삿대질까지 할 줄 안다.

"저런 자식두! 못두 생겼다. 저게 아마 경성부 고스카인 거지?"

"글쎄, 그래도 제법 넥타일 다 잡숫구."

하고 손가락이 들어가 문의 구멍을 좀더 후벼판다. 마는 아키코는 구렁이(주인 마누라)의 속을 빤히 다 안다. 이젠 방세도 싫고 셋방 사람을 다 내쫓으려 한다. 김마까나 아키코는 겁이 나서 차마 못 건드리고 제일 만만한 톨스토이부터 우선 몰아내려는 연극이었다.

"저 구렁이 좀 봐라, 옆에 서서 눈짓을 쳐가며 자꾸 시키지."

"글쎄 자식도 얼간이가 아냐? 즈 아주멈 시키는 대로 놀구 섰게."

"어쭈, 얼자가 뻐팅긴다. 지가 우와기를 벗어놓면 어쩔 테야 그래? 자식두!"

"톨스토이가 잠자코 앉아 있으니까 약이 올라서 저래, 맛부리는게 밉살머리궂지? 자식 그저 한 대 앵겨줬으면."

"내가 한 대 먹이면 저거 고택골 간다. 그러니깐 아키코한테 감

히 못 오지 않어."

주먹을 이렇게 들어뵈다가 고만 영애의 턱을 치질렀다. 영애는 고개를 저리 돌리어 또 빼쭉하고,

"얘 이럼 난 싫단다!"

"누가 뭐 부러 그랬니 또 빼쭉하게?"

하고 아키코는 좀 빼쭉하다가 슬슬 눙치며,

"그래 잘못했다. 고만두자, 쓱쓱!"

영애의 턱을 손등으로 문질러주고,

"쟤! 저것 봐라, 놈은 팔을 걷고 구렁이는 마루를 구르고 야단이다."

"얘 재미있다. 구렁이가 약이 바짝 올랐지?"

"저자식 보게, 제 맘대로 남의 방엘 들어가지 않아?"

아키코가 영애에게 눈을 크게 뜨니까,

"뭐 일을 칠 것 같지? 병신이 지랄한다더니 정말인가베!"

"저자식 남의 세간을 제 맘대로 내놓질 않아? 경을 칠 자식!"

"그건 나무래 뭘 해, 그저 톨스토이가 바보야! 그래도 부처같이 잠자코 앉았지 않아. 세상엔 별 바보두 보다 많어이!"

아키코는 그건 들은 체도 안 하고 대뜸 일어선다. 미닫이가 열리자 우람스러운 걸음. 한숨에 툇마루에 올라서며 볼멘소리다.

"아니 여보슈! 남의 세간을 그래 맘대로 내놓는 법이 있소?"

"당신이 웬 참견이오?"

얼자는 톨스토이 책상을 들고 나오다 방 문턱에 우뚝 멈춘다. 눈을 휘둥그렇게 뜨고 주저주저하는 양이 대담한 아키코에 적이 놀란 모양이다.

　"오늘부터 내가 여기서 자야 할 테니까. 그래서 방을 치는데……."

　얼자는 주변성 없는 말로 이렇게 굳다가,

　"당신 맘대로 방을 치는 거요?"

　"그럼 내 방 내 맘대로 치지 누구에게 물어본단 말이유?"
하고 제법 을딱이긴 했으나 뒷갈망은 구렁이에게 눈짓을 슬슬한다.

　"그렇지 내 방 내가 치는데 누가 뭐래나?"

　"당신 맘대룬 안 되우, 그 책상 도루 저리 갖다 놓우, 사글세를 내란다든지 하는 게 옳지, 등을 밀어 내쫓는 경우가 어디 있단 말이오?"

　"아니, 아키코는 제 거나 낼 생각이지 웬 걱정이야? 저리 비켜서!"

　구렁이는 문을 막고 섰는 아키코의 팔을 잡아당긴다. 여편네는 찍 소리없이 눌려왔지만 오늘은 얼자를 잔뜩 믿는 모양이다. 이걸 보니 옆에 섰던 영애가 또 아니꼬워서,

　"제 거라니? 누구보구 저야. 이 늙은이가 눈깔이 뺐나!"
하고 그 팔을 뒤로 확 잡아챈다. 늙은 구렁이와 영애는 몸 중량이

비례가 안 된다. 제풀에 비틀비틀 돌더니 벽에 가 쿵 하고 쓰러진다. 그러나 눈을 감고 턱이 떨리는 아이고 소리는 엄살이다.

얼자가 문턱에 책상을 떨구더니 용감히 홱 넘어 나온다. 아키코는 저자식이 달마찌의 흉내를 내는구나, 할 동안도 없이 영애의 뺨이 짤꺽…….

"이년이 늙은이를 쳐?"

"아 이자식 보래! 누구 뺨을 때려?"

아키코는 악을 지르자 그 혁대를 뒤로 잡아서 나꿔친다. 마루 위에 놓였던 다듬잇돌에 걸리어 얼자는 엉덩방아를 쿵, 하고. 잡은 참 날아드는 숯바구니는 독오른 영애의 분풀이다. 그러자 또 아랫방문이 확 열리고, 지팡이가 김마까를 끌고 나온다.

"이자식이 웬 자식인데 남의 계집애 뺨을 때려? 원 이런 망하다 판이 날 자식이, 눈에 아무것도 뵈질 않나……세상이 망한다 망한다 한대두만 이런 자식은."

김마까는 뜰에서부터 사방이 들으라고 와짝 떠들며 올라온다. 구렁이한테 늘 쪼여지내던 원한의 복수로. 아키코와 서로 멱살잡이로 섰는 얼자의 복장을 지팡이로 내지른다.

"이런 염병을 하다 땀통이 끊어질 자식이 있나!"

그와 동시에 김마까는 검불같이 뒤로 벌렁 나자빠졌다. 내댔던 지팡이가 도로 물러오며 바짝 마른 허구리를 쳤던 것이다. 개신 개신 몸을 일으집으며 김마까는 구시월 서리 맞은 독사가 된다.

"이자식아! 너는 니 애비도 없니?"

대뜸 지팡이는 날아들어 얼자의 귀때기를 내려갈긴다. 딱하고 뼈 닿는 무딘 소리. 얼자는 고개를 푹 꺾고 귀에 두 손을 들여대자 죽은 듯이 꼼짝 못 한다.

아키코도 얼자에게 뺨을 한 대 얻어맞고 울고 있었다. 이 좋은 기회를 타서 얼자의 등뒤로 빨간 얼굴이 달려든다. 이건 권투식으로 집어실까 하다 그대로 그 어깻죽지를 뒤로 물고 늘어진다. 아, 아, 이렇게 외마디 소리로 아가리를 딱딱 벌린다. 그리고 뒤통수로 암팡스레 날아든 것은 영애의 주먹이다.

톨스토이는 모두가 미안쩍고, 따라 제풀에 지질러서 어쩔 줄을 모른다. 옆에서 눈을 흘기는 영애도 모르고,

"놓세요, 고만 놓세요, 어떡합니까?"

하며 아키코의 등을 두 손으로 흔든다. 구렁이도 벌벌 떨어가며,

"이년이 사람을 뜯어먹을 텐가, 안 놓니 이거 안 봐?"

아키코를 대구 잡아당기며 얼른다. 그러나 잡아당기면 당길수록 얼자는 소리를 더 지른다. 이러다간 일만 더 크게 벌어질 걸 알고 구렁이는 간이 고만 달롱한다. 이 사품에 안방 미닫이는 설쭉이 부러지고 뒤주 위에 얹었던 대접이 둘이나 떨어져 깨졌다. 잔뜩 믿었던 조카는 저렇게 죽게 되고. 이러단 방은커녕 사람을 잡겠다, 생각하고 그는 온몸이 덜덜 떨리었다. 게다 모지게 내리치는 김마까의 지팡이……

구렁이는 부리나케 대문 밖으로 나왔다. 골목길을 내려오며 뒤에 날리는 치맛자락에 바람이 났다.

"사글세를 내랬으면 좋지, 내쫓을려구 하니까 그렇게 분란이 일구 하는 게 아니야?"

"아닙니다. 누가 내쫓을려구 그래요. 세를 내라구 하니깐 그렇게 아키코란 년이 올라와서 온통 사람을 뜯어먹고 그러는군요!"

"말 마라. 내쫓으려구 한 걸 아는데 그래, 요전에도 또 한 번 그런 일이 있었지?"

순사는 노파의 뒤를 따라오며 나른한 하품을 주먹으로 끈다. 툭하면 와서 진대를 붙은 노파의 행세가 여간 귀찮지 않았다. 조그맣고 말라붙은 노파의 센 머리 쪽을 바라보며,

"올해 몇 살이야?"

"그년 열아홉이죠. 그런데 그렇게……."

"아니 노파 말이야?"

"내 제 나요? 왜 쉰일곱이라구 전번에 여쭀지요. 그런데 이 고생을 하는군요."

하고 궁상스레 우는 소리다.

노파는 김마까보다도 톨스토이보다도 아키코가 가장 미웠다. 방세를 받을래도 중뿔나게 가로 맡아서 지랄하기가 일쑤요, 또 밤낮 듣기 싫게 창가질이요, 게다가 세숫물을 버려도 일부러 심청궂게 안마루 끝으로 홱 끼얹는 아키코. 이년을 경을 흠씬 쳐놓

고 말리라고 속이 간질대서 그는 총총걸음을 치다가 돌뿌리에 채여 고만 나가둥그러진다. 그 바람에 쓰레기통 한 귀에 내뻗은 못에 가서 치맛자락이 찌익 하고 찢어진다.

"망할 자식 같으니, 씨레기통의 못두 못 박았나!"

하고 흙을 털고 일어나며 역정이 난다. 그 꼴을 보고 순사는 손으로 웃음을 가린다.

"그봐! 이젠 다시 오지 마라, 이번엔 할 수 없지만 또다시 오면 그땐 노파를 잡아갈 테야?"

"네에 다시 갈 리 있겠습니까, 그저 이번에 그 아키코란 년만 홈씬 버릇을 가르쳐 주십시오. 늙은이보구 욕을 않나요, 사람 치질 않나요! 그리고 아직 핏대도 다 안 마른 년이 서방이 몇인지 수가 없어요!"

순사는 코대답을 해가며 귓등으로 듣는다. 너무 많이 들어서 인제는 흥미를 놓친 까닭이었다. 갈팡질팡 문지방을 넘다 또 고꾸라지려는 노파를 뒤로 부축하여 눈살을 찌푸린다. 알고 보니 짐작대로 노파 허퉁에 또 속은 모양이었다. 살인이 났다고 짓떠들더니 임장하여 보니까 조용한 집안에 웬 낯설은 양복쟁이 하나만 마루 끝에서 천연스레 담배를 필 뿐이다. 그리고 장독대 사이에서 왔다갔다 하며 뭘 주워먹는 생쥐가 있을 뿐 신발짝 하나 놓이지 않았다. 하 어처구니가 없어서,

"어서 죽었어?"

"어이구 분해! 이것들이 또 저를 고랑뗑을 먹이는군요! 입때까지 저 마루에서 치고 깨물고 했답니다."

노파는 이렇게 주먹으로 복장을 찧며 원통한 사정을 하소한다. 왜냐면 이것들이 이 기맥을 벌써 눈치채고 제각기 헤져서 아주 얌전히 박혀 있다. 아키코는 문을 닫고 제 방에서 콧노래를 부르고 지팡이를 들고 날뛰던 김마까는 언제 그랬더냐는 듯이 제 방에서 끙끙 여전히 신음 소리. 이렇게 되면 이번에도 또 자기만 나무라게 될 것을 알고,

따
라
기

"어이구 분해! 어이구 분해!"

주먹으로 복장을 연방 두들기다 조카를 보고,

"애 넌 어떻게 돼서 이렇게 혼자 앉았니?"

"뭘 어떻게 돼요, 되긴?"

하고 지릅뜨는 그 대답은 썩 퉁명스럽고 걱세다. 이런 화중으로 끌고 온 아주멈이 몹시 밉고 원망스러운 눈치가 아닌가. 이걸 보면 경은 무던히 치고 난 놈이다.

"어이구 분해! 너꺼정 이러니!"

"뭘 분해? 이 망할 것아!"

순사는 빽 소리를 지르고 도로 돌아서려 한다.

"나리! 저 좀 보세요. 문 부서진 것하구 대접 깨진 걸 보셔두 알지 않아요?"

"어떤 조카가 죽었어, 그래?"

"이것이 그렇게 죽도록 경을 치고도 바보가 돼서 이래요!"

"바보면 죽어두 사나?"

하고 순사는 고개를 디밀어 마루께를 살펴보니 딴은 그릇은 깨지고 문은 부서졌다. 능글맞은 노파가 일부러 그런 줄은 아나, 그리고 책임상 그냥 가기도 어렵다. 퍽도 극성스러운 늙은이라 생각하고,

"누가 그랬어 그래?"

"저 아키코가 혼자 그랬어요!"

"아키코! 고반까지 같이 가."

"네! 그러세요."

하도 여러 번 겪은 일이라, 이제는 익숙하다. 저고리를 갈아입으며 웃는 얼굴로 내려온다. 그러나 순사를 따라 대문을 나설 적에는 고개를 모로 돌리어 구렁이에게 몹시 눈총을 준다.

순사는 아키코를 데리고 느른한 걸음으로 골목을 꼽든다. 쪽다리를 건너니 화창한 사직원 마당, 봄이라고 땅의 잔디는 파릇파릇 돋았다. 저 위에선 투덕거리는 빨래 소리. 한옆에선 풋볼을 차느라고 날뛰고 떠들고 법석이다. 부웅, 하고 음충맞게 내대는 자동차의 사이렌. 남치마에 연분홍 저고리가 버젓이 활을 들고 나온다. 그리고 키 훌쩍 큰 놈팡이는 돈지갑을 내든다.

"너 왜 또 말썽이냐?"

하고 순사가 고개를 돌리어 아키코를 씽긋이 흘겨본다. 그는 노

파가 왜 그렇게 아키코를 못 먹어서 기를 쓰는지 영문을 모른다. 노파의 눈에도 아키코가 좀 귀여울 텐데, 그렇게 미울 때에는 아마 아키코가 뭘 좀 먹이질 않아 그랬는지 모른다. 그렇지 않으면 다른 사람 다 젖혀놓고 아키코만 씹을 리가 없다. 생각하다가,

"뭘 말썽이유, 내가?"

"네가 뭐 쥔 마누라를 깨물고 사람을 죽이구 그런다며? 그리고 요전에도 카페에서 네가 손님을 쳤다는 소문도 들리지 않니?" 하고 눈살을 접고 웃어버린다. 얼굴 똑똑한 것이 아주 할 수 없는 계집애라고 돌릴 수밖에 없다.

"난 그런 거 몰루!"

아키코는 땅에 침을 탁 뱉고 아주 천연스레 대답한다. 그리고 사직원의 문간쯤 와서는,

"이담 또 만납시다."

제멋대로 작별을 남기고 저는 저대로 산 쪽으로 올라온다.

활텃길로 올라오다 아키코는 궁금하여 뒤를 한번 돌아본다. 너무 기가 막혀서 벙벙히 바라보고 있다가 다시 주먹으로 나른한 하품을 끄는 순사. 한편에선 날뛰고 자빠지고 쾌활히 공을 찬다. 아키코는 다시 올라가며 저도 남자가 됐더라면 풋볼을 차볼 걸하고 후회가 막급하다. 그리고 산을 한바퀴 돌아 내려가서는 이번엔 장독대 위에 요강을 버리리라 결심을 한다. 구렁이는 장독대 위에 오줌을 버리면 그것처럼 질색이 없다.

"망할 년! 이담에 봐라! 내 장독 위에 오줌까지 깔릴 테니!"
이렇게 아키코는 몇 번 결심을 한다.

독후감

깃라잡이

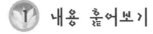 내용 훑어보기

동백꽃

　오늘도 점순이네 닭한테 우리 닭이 마구 쪼였습니다. 점순이는 마름의 딸이고 나는 소작인의 아들이죠. 그런데 요즘 들어 점순이가 내 약을 올리느라 닭싸움을 시키고 있습니다. 며칠 전 점순이가 나에게 감자를 주면서 호의를 보였으나, 나는 그것도 모른 채 거절했는데, 그 때부터 점순이는 우리집 씨암탉을 때리거나 나에게 욕을 퍼부으며 나를 못살게 군답니다.

　점순이의 장난은 계속되어 험상궂은 제 집 수탉과 우리집 수탉을 매일 싸움을 시킵니다. 나는 우리집 수탉에게 고추장을 먹여 이기게 하려 했으나 닭은 도리어 맥을 못 추고 져버리고 말았죠.

　그런데 어느 날 나무하고 내려오는데 점순이가 또 닭싸움을 시켜 놓고 흐드러지게 핀 동백꽃들 사이에 앉아 호드기를 불고 있는 것이에요. 몹시 화가 난 나는 점순네 수탉을 때려 죽이고 당황해 그만 울음을 터뜨렸답니다.

　점순이는 이 다음부터 그러지 말라고 하고 나는 무슨 말인지도 모른 채 고개를 끄덕였습니다. 그러자 점순이는 내게로 퍽 쓰러지고 나는 알싸한 동백꽃 냄새에 정신이 아찔해졌답니다.

봄 봄

돈 한 푼 안 받고 일하기를 삼 년하고 일곱 달, 내가 장인에게 나이가 찼으니 성례를 시켜 달라고 말하자, 장인은 점순이가 미처 자라지 않아서 성례를 시켜 줄 수 없다고 합니다. 나는 사람의 키는 무럭무럭 자라는 줄만 알았지 붙박이 키에 모로만 벌어지는 몸도 있는 줄은 몰랐죠. 서낭당에서 점순이의 키를 좀 크게 해달라고 치성을 드린 적도 한두 번이 아니랍니다.

어느 날 점심을 가져온 점순이는 밤낮 일만 할 거냐고 따집니다. 그래서 나는 모를 붓다가 아프다는 핑계로 논둑으로 올라가 일을 안 하고 버텼죠. 그러자 장인은 내게 큰소리 칠 입장은 아니어서 한 대 때려 놓고 어찌할 바를 모릅니다. 나는 장인을 구장님 댁으로 끌고 가 판단을 내리려고 했지만, 장인은 점순이가 덜 컸다는 핑계를 또 한 번 내세우죠.

나는 점순이가 병신이라고 나무라는 말을 듣고 어떻게 해서든지 결판을 내야겠다고 생각하고 일터로 나가려다 말고 바깥 마당 멍석 위에 드러누웠답니다. 대문간으로 나오던 장인은 징역을 보내겠다고 겁을 주지만 내가 말대꾸만 하자 화가 나서 지게 작대기로 나를 후려갈깁니다. 나는 점순이가 보고 있음을 의식하고 벌떡 일어나 장인의 수염을 잡았습니다. 그리고 장인을 밭 아래로 굴려 올라오지 못하게 하자 장인은 내 사타구니를 잡고 늘어집니다. 땅바닥에 쓰러져 거의 까무러치던 나는 엉금엉금 기어가

장인의 사타구니를 잡고 늘어졌죠. 참다 못한 장인이 점순이를 부르자, 점순이는 내게 달려들어 귀를 잡아당기며 웁니다. 나는 점순이의 알 수 없는 태도에 기운이 탁 꺾이어 얼이 빠져 버렸답니다. 장인이 실컷 두들겨 패지만 나는 피할 생각도 하지 않고 멀거니 점순이 얼굴만 쳐다보았습니다.

금 따는 콩밭

깊은 구덩이 속에서 영식은 곡괭이질을 합니다. 금을 캐기 위해 콩밭 하나를 망쳐 버린 영식은 살기 띤 시선으로 수재를 노려보았습니다. 수재가 콩밭에 금이 있다면서 자신을 꼬드겼던 것입니다.

처음에는 도리에 맞지 않는 일이라고 거절했던 영식이었습니다. 그러나 수재가 자꾸 찾아와 꼬드기고 아내의 부추김도 있자 승낙을 해버리고 만 것이죠. 이웃집에서 쌀을 꾸어오면서까지 산제를 드렸지만 금은 나오지를 않았습니다. 마을 어른들은 그들의 행동을 보며 세상이 망할 징조라고 걱정하고, 마름은 구덩이를 묻지 않으면 징역을 갈 줄 알라고 협박합니다. 결국 구덩이 안에서 영식은 흙덩이로 수재의 머리를 내리치고, 둘은 피 터지게 싸우죠.

아내가 점심을 이고 콩밭에 갔을 때 남편과 수재가 싸운 것을 보고 화를 냈습니다. 그러자 영식은 아내의 머리를 때리며 성질을 부리죠. 이에 조바심이 난 수재가 황토 흙을 보이며 금줄을 잡았다고 외칩니다. 영식과 그의 아내가 너무 기뻐서 어쩔 줄을 모를 때 수재는 거짓말이 오래 못 갈 것을 알고 오늘밤에 꼭 달아나리라 생각합니다.

만 무 방

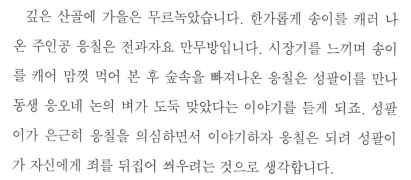

깊은 산골에 가을은 무르녹았습니다. 한가롭게 송이를 캐러 나온 주인공 응칠은 전과자요 만무방입니다. 시장기를 느끼며 송이를 캐어 맘껏 먹어 본 후 숲속을 빠져나온 응칠은 성팔이를 만나 동생 응오네 논의 벼가 도둑 맞았다는 이야기를 듣게 되죠. 성팔이가 은근히 응칠을 의심하면서 이야기하자 응칠은 되려 성팔이가 자신에게 죄를 뒤집어 씌우려는 것으로 생각합니다.

응칠도 5년 전에는 처자가 있었던 성실한 농군이었죠. 그러나 빚을 갚을 길이 없어 야반 도주해 버린 것입니다. 그래도 형제간의 정이라고 응칠은 동생 응오를 찾아왔던 것인데, 이제 부랑자인 자신이 벼를 도둑질했다는 누명을 쓰게 될지도 모를 일이었습니다.

응칠은 계속 성팔이를 의심하며 유심히 살피기로 하고 주막에서 막걸리를 마신 후 동생 응오를 찾아갑니다. 응오는 병을 앓아 반송장이 된 아내에게 먹일 약을 달이고 있었죠. 응오는 형의 말을 무시하고 대꾸도 않습니다. 아내의 병을 낫게 하기 위해 산치성을 올리려 하는 것을 형이 반대했기 때문이죠.

도둑을 잡기 위해 산고랑 길을 오른 응칠은 바위 굴 속에서 놀음판이 벌어진 것을 보고 잠시 거기에 끼었다가 서낭당 앞에 잠복해 도둑을 기다립니다. 드디어 복면을 한 도둑이 나타나자 응칠은 몽둥이로 허리깨를 내리치죠. 그리고 복면을 벗기자 자기 동생인 것을 알고 망연자실해하며 눈물을 흘립니다. 응오가 황소를 훔치자고 달래는 형을 뿌리치고 달아나자 응칠은 대뜸 몽둥이질을 합니다. 그리고 땅에 쓰러진 아우를 등에 업은 채 그의 불쌍한 삶을 생각하며 고개를 내려옵니다.

 ## 작품 분석하기

동 백 꽃

김유정의 대부분의 소설에는 식민지 시대의 참담한 현실이 절실히 드러나 있는 데 반해, 〈동백꽃〉은 현실의 쪼들림이나 비참함보다 그 속에서 꽃피는 청춘 남녀의 유쾌한 사랑을 표현한 서정적인 작품이에요. 그럼, 현재 ─ 과거 ─ 현재의 시간적 구성을 취하면서 전개되는 작품 〈동백꽃〉에 대해 자세히 살펴볼까요?

첫째, 이야기를 이끌어가는 두 축인 '나'와 '점순'은 소작인과 마름이라는 계층을 대표합니다.

주인공 '나'와 '점순', 이 두 인물은 단순히 사춘기 소년 소녀의 모습을 보여주는 것을 넘어서, 각각 단순하고 우직한 소작인과 영악하고 도전적인 마름이라는 계층의 전형을 보여주고 있어요. 그러나 이 두 계층이 첨예하게 대립하는 것으로 나타나지는 않아요. 단지 점순이가 '나'를 약올리기 위해 계층의 차이를 이용하는 정도죠.

둘째, 이 소설은 '나'와 점순이의 갈등 구조가 주를 이루고 있습니다.

크게 두 가지의 복합적인 갈등이 나타나고 있는데, 점순이가 주인공 '나'를 좋아한다는 애정 문제와 점순네 집에 머슴살이를 하고 있는 '나'와 점순과의 계급 문제입니다. 그렇다면 갈등의 시초가 되는 계기는 무엇일까요? 네, 바로 감자입니다. 주인공이 점순이가 주는 감자를 받지 않음으로써 갈등이 비롯된 것이죠. 그 갈등은 닭싸움으로 본격화됩니다. 주인공의 수탉을 데려다 점순네 수탉과 닭싸움을 시킴으로써 주인공과의 갈등이 고조되지요.

이렇게 갈등의 매개가 되었던 닭싸움은 주인공이 점순네 닭을 때려 죽이고, 두려움에 울음을 터뜨림으로써 풀리게 된답니다. 여기에서의 울음은 갈등의 최고조이면서 동시에 갈등의 해소를 의미합니다. 그리고 점순과 쓰러지는 순간 둘 사이에 피어나는 동백꽃 향기는 바로 갈등의 완전한 해소와 화해를 상징하죠.

셋째, 닭이라는 소재는 '나'와 점순과의 갈등의 매개체 역할을 합니다.

주인공은 단순하게 닭 자체에 집착하고 있었으나, 마름의 딸로 유복한 편에 속하는 점순이에게 닭은 아무것도 아니었습니다. 오히려 그것으로 무안당한 것에 대한 분풀이를 하며 주인공의 관심을 끌어내어 결국 그를 굴복시키고자 했던 것이죠. 또한 닭은 그 집안의 힘과 부를 상징하고 있습니다. 점순이네 수탉이 단연 우세하게 주인공의 수탉을 반죽음으로 만들어 버린 것만 봐도 알 수 있겠죠?

갈등의 원인인 닭을 죽였지만 주인공은 울음을 터뜨림으로써 점순에게 굴복해 버렸다고 볼 수 있어요. 그러나 그 굴복이 계급적이거나 인위적이라고 느껴지지 않는 것은 그 갈등의 해소 뒤에 오는 배경인 동백꽃이, 뒤늦게 깨닫고 합의된 애정을 적절히 형상화시켜 드러내주고 있기 때문이죠.

앞서 말했듯이, 이 소설은 사춘기 소년 소녀의 애정 관계라는 구조와 마름과 소작농 사이의 계급 의식이라는 구조를 함께 가지고 있지요. 주인공 '나'와 점순은 각각 소작인과 마름이라는 전형적 성격을 구현하고 있지만 계급적 대립이 이 소설의 주된 갈등 구조는 아니랍니다.

따라서 〈동백꽃〉은 닭싸움을 매개로 하여 산골 젊은이들의 목가적인 순박한 사랑과 미묘한 감정을 주된 정서로 당시의 사회 모습을 해학성 있게 그려낸 작품이라고 할 수 있죠.

봄　봄

　이 작품은 1930년대 농촌의 지주와 머슴 관계 등 경제 현실과
더불어 김유정 특유의 향토색 짙은 언어를 살피기에 적절한 작품
입니다. 주인공 '나'는 우직한 인물이지만 어리석을 정도로 순박
한 기질이 해학적으로 묘사되어 있어 탐욕스럽고 교활한 장인의
삶과 은연중 대비되고 있습니다. 그럼 이제부터 작품을 보다 자
세히 살펴보도록 하죠.

독후감 길라잡이

　첫째, 등장인물들이 해학적으로 묘사되고 있습니다.

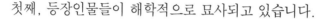

　이 작품은 1930년대 강원도 산골이라는 향토적인 배경을 토대
로 하여 그곳에서 일어나는 인간들의 애환을 당대의 삭막한 농촌
현실과 대비시켜 서술하고 있습니다. 등장인물들은 대부분 조금
씩 모자란 사람들입니다. 특히 화자인 '나'는 사경 한 푼 없는 데
릴사위를 3년 7개월을 하고도 불평 한마디 제대로 해보지 못하는
인물입니다. 장인 역시 해학적으로 묘사되고 있는데, 그는 품삯
을 아끼기 위해 데릴사위 명목으로 사경을 안 주고, 머슴 부리듯
부려먹는 우둔한 인물로 나타나고 있습니다. 그러나 우둔하고 때
로는 욕심이 사납기는 해도 인물이 부정적으로 묘사되기보다는
해학적으로 그려지고 있기 때문에 읽는 이로 하여금 미소를 자아
내게 하지요. 이 독특한 분위기가 바로 해학이 빚어낸 미의식이
라고 할 수 있어요.

　둘째, 이야기를 이끌어가는 주된 축인 주인공과 장인의 갈등 구

조 역시 해학적입니다.

　이 작품을 이끌어가는 주된 축은 '나'와 장인과의 갈등이 기본 구조이지만, 그 자체는 심각한 것이 아니고 한편으로는 독자의 웃음을 자아내게 합니다. 구어, 방언, 비어, 속담, 속어 등의 자유로운 구사와 함께, 해학적인 표현 기교는 재미있는 이야기라는 소설의 기능을 잘 담당하고 있죠. 더욱이 해학적인 표현 속에 깔려 있는 낙천성은 한국 서민이 지닌 일종의 전통적 감수성으로 슬픔 속에서도 웃음을 머금게 하는 그런 성격을 느끼게 합니다.

　이렇게 〈봄봄〉은 가난하고 무식하나 순결하기 그지없는 사내를 주인공으로 내세우고 그에 걸맞는 토속어로 가진 자들의 약삭빠른 세태주의를 꼬집고 있어요. 또한 꾸밈 없는 삶의 건강성을 일깨우고 있지요. 그런 의미에서 이 작품은 김유정 문학의 걸작이면서 더 나아가 단편소설의 백미라고 할 수 있습니다.

금 따는 콩밭

　이 작품은 1935년 잡지 《개벽(開闢)》 3월호에 발표된 작품입니다. 이 작품 역시 김유정의 다른 작품들과 마찬가지로 작가 특유의 현실 인식과 해학성을 잘 드러내주고 있지요. 성실하게 살고자 했던 한 인간이 어리석게 유혹에 빠지는 과정을 통해 당시 농촌 사회의 열악한 모습과 그 구조적 모순을 제시하고 있어요. 그러나 주제를 경직되게 그리지 않고 해학성을 바탕으로 이야기를 풀어가는 김유정 특유의 필치가 돋보이는 작품입니다. 자, 그럼 보다 자세히 작품에 대해 알아볼까요?

첫째, 콩밭을 파서 만들어진 구덩이는 답답한 농촌 현실을 상징하고 있습니다.

금을 얻기 위해 콩밭을 파헤쳐 만들어진 구덩이 속은 황토 장벽으로 좌우가 꽉 막히고 무덤 속같이 쾌쾌한 흙내와 냉기만이 가득 찬 장소로 제시되고 있습니다. 이것은 당시 우리 농민들이 처한 현실을 상징하는 것으로, 1930년대 인간 생활의 기본 조건이 갖춰 있지 않은 생활의 절망적인 상태를 효과적으로 나타내고 있어요.

이러한 절망적인 상황에서 무식하고 무력한 주인공은 자신의 생존 조건을 갖추기 위해 금을 선택하게 되고 비참한 공간을 빠져나올 것이라는 꿈을 꾸게 됩니다. 주인공이 금줄을 찾기 위해 발버둥치는 것은 바로 가난의 수렁에서 빠져나오고자 하는 욕구인 것이죠. 가난에서 벗어나기 위해 그들이 할 수 있는 최선의 방법은 일확천금의 꿈 이외에 다른 선택이 없었던 거예요. 금을 찾기 위해 콩밭을 파는 것은 삶의 마지막 수단으로서 생존을 위한 눈물겨운 선택으로 제시됩니다.

둘째, 금은 부의 상징인 동시에 파멸의 길을 의미합니다.

금(또는 돈)은 두 가지 얼굴을 지니고 있습니다. 부의 상징인 동시에 파멸로 향하는 길이죠. 불행하게도 주인공은 금은 얻지 못하고 콩밭만 망치는 신세로 전락하게 되는데, 더욱 불행한 것은 그런 자신의 욕망이 헛된 것임을 깨닫지 못한다는 데 있답니다. 이것은 소설의 끝부분에 수재의 거짓말에 넘어가 금줄을 찾은 줄 알고 좋아하는 영식과 그의 처의 모습에서 알 수 있죠. 이부분이 바로 이 소설의 해학성을 나타내고 있어요.

이처럼 이 소설에는 1930년대의 농촌 현실이 적지 않게 반영되어 있습니다.

만 무 방

이 작품은 1935년 《조선일보》에 발표된 단편소설입니다. 그럼, 여기서 잠깐! 소설의 제목인 '만무방'은 무슨 의미일까요? 그것은 '염치 없이 막돼먹은 사람'이란 뜻입니다. 이 말은 주인공 응칠이가 어떤 인물인지를 단편적으로 보여주고 있죠. 자, 그럼 이작품에 대해 하나하나 알아볼까요?

첫째, 이 작품은 일본 식민지하의 농촌 청년들의 삶을 그리고 있습니다.

주인공 응칠과 그의 동생 응오, 그리고 여러 등장인물들을 통해 노동보다는 도박판에 뛰어드는 농촌 청년들의 모습을 그려내고 있어요. 특히, 추수를 해도 열심히 일한 자신에게는 아무런 수확도 돌아오지 않는 사회 현실을 소작농인 동생 응오를 통해 그리고 있답니다. 결국 응오가 제 논의 벼를 도둑질하는 사건까지 일어나는데, 이런 절망적인 상황을 통해 작가의 날카로운 사회 비판 의식을 엿볼 수 있죠.

둘째, 응칠과 응오 형제의 삶이 상반되게 그려지고 있습니다.

이 작품은 응칠과 응오 형제가 궁핍한 삶 가운데 서로 상반된 길을 걸어온 이야기를 중심으로 전개됩니다. 전과 4범의 건달인 형 응칠은 절도에도 능한 노름꾼이며, 사회 윤리 기준에 위배되는 '만무방'입니다. 이런 주인공 응칠이를 중심으로 농촌 사회 제도의 불합리성과 모순, 폭력성을 세밀하게 그려 보여줌으로써 현실의 절박한 상황을 형상화하고 있지요. 그러나 현실의 절망적인 상황 속에서도 웃음을 잃지 않는 민중의 건강함이 바로 이 작품 속에서 응칠이가 나타내는 주된 정조랍니다.

이와는 달리 동생 응오는 모범적인 농사꾼이지만 벼를 수확해 봤자 남는 것은 빚뿐이라는 절망감으로 벼 수확을 포기해 버립니다. 그러나 밤에 몰래 자신이 가꿔온 논의 벼를 도둑질하는 극적인 아이러니가 나타나지요.

이렇게 응오는 자신이 가꾼 벼를 자기가 도둑질해야 하는 눈물겨운 상황에 놓이는 데 반해 응칠은 반사회적인 인물임에도 불구하고, 느긋하고 나름대로 만족하며 생활을 영위하고 있는 것을 볼 수 있죠. 또한 모범적인 농사꾼 응오를, 벼를 훔쳐가는 반사회적 인물로 몰고 가는 사회적인 모순을 들여다볼 수 있답니다.

작가는 이러한 모순 구조를 응칠과 응오라는 인물을 대립시켜

독후감 길라잡이

반어적으로 제시함으로써 사회 비판에 대한 커다란 설득력을 얻고 있어요. 또한 응칠과 같은 행위가 오히려 농민들로부터 선망의 대상이 되고 있음은 왜곡된 사회에 대한 작가의 냉소주의가 표현된 것이라고 볼 수 있습니다.

셋째, 등장인물들이 주로 부정적이고 반어적으로 그려지고 있습니다.

이 작품 속에서 등장인물들의 현실 개선 의지와 노력은 긍정적인 방향이 아니라 주로 부정적인 방향으로 제시되고 있어요. 그들은 절망적인 현실 앞에서 반(反)사회적인 수단, 즉 도박, 절도 등에 의해 현실 극복을 시도하지만 번번이 좌절되고 맙니다. 이는 타락한 사회상을 있는 그대로 제시하려는 작가의 의도라고 볼 수 있죠.

이처럼 작가는 1930년대의 현실을 반어적으로 표현합니다. 당시 소작인들의 궁핍상을 반어적으로 제시함으로써 소설 미학의 측면에서도 뛰어난 성과를 보여주고 있어요. 주인공의 대범하고 적극적인 행동이 반사회적인 것일수록, 그것이 농민 계층에게는 꿈이 되고, 더 나아가 부러움을 사고 있다는 사실은 서글픈 아이러니죠. 이는 1930년대와 같이 모순된 사회에서 응칠과 같은 반사회적인 행동 양식이야말로 당대의 비참한 상황을 벗어날 수 있는 방법이라는 쓸쓸한 메시지를 환기시켜 주고 있어요.

③ 등장인물 알기

동백꽃

나　소작인의 아들로 순박하고 단순하며, 걸핏하면 눈물을 흘리는 숙맥입니다. 점순이의 노골적인 애정 공세를 아주 모르는 것은 아니나, 마름의 딸과 나쁜 소문이 나면 소작을 부치는 땅을 떼일 것을 염려해 애써 점순이를 피하려 하죠.

점순　마름의 딸로, 대담하고 영악스러우며 깜찍한 성격을 지니고 있습니다. 전통적으로 보여지는 수줍고 얌전한 시골 처녀의 이미지가 아니라, 자신의 애정을 소유하기 위해 상대방을 괴롭히는 등 적극적인 모습을 보이는 인물로 그려지고 있지요.

봄봄

나　이야기의 주인공으로서, 점순이를 아내로 얻기 위해 데릴사위로 들어가, 사경도 받지 않고 장인이 시키는 대로 일하는 순진한 인물입니다. 우직하고 어리숙한 인물로 그려지고 있는데, 이는 사건을 재미있게 만드는 요소로 작용하고 있어요.

장인　딸만 셋을 둔 마름으로, 자신의 딸을 미끼로 여러 명의 데릴사위를 번갈아 두고 무보수로 노동력을 착취하는 교활하고 욕심 많은 영감이에요. 그래서 마을에서도 인심을 잃고 살죠.

점순 다소 능동적인 여성입니다. 소극적인 태도를 지닌 '나'를 배후에서 조종하여 아버지와 싸움을 붙여 놓고 결국에는 아버지 편을 드는 모순성을 지닌 인물이죠.

금 따는 콩밭

영식 본래 성실하고 우직한 농사꾼입니다. 그러나 수재의 꾐에 빠져 금을 찾으려다 콩밭만 망치고 말죠.

영식의 처 섣부르게 농사만 짓다가는 비렁뱅이가 될 수밖에 없다고 단정하고, 남편이 금을 캐기로 결심하는 것을 옆에서 부추기는 인물입니다. 일을 저질러 놓고 보자는 무모한 인물로서 작품의 해학을 보조해 주는 역할을 하고 있어요.

수재 일확천금의 횡재를 노리며 금줄을 찾아 헤매고, 남을 충동질하는 허황된 사내죠.

만 무 방

응칠 가난에서 벗어나기 위해 도박과 절도로 일확천금을 노리는 허황된 꿈을 꾸는 인물입니다. 적극적인 성격이나, 반사회적인 행동으로 이를 구현하고자 하죠.

응오 응칠의 동생으로 진실하고 모범적인 소작농입니다. 가정의 비참한 상황으로 인해 자신이 가꾼 벼를 자기가 도둑질해야 하는 현실 속에서 고민하는 인물로 제시되고 있어요.

작가 들여다보기

김유정은 1908년 강원도 춘성에서 태어났습니다. 어렸을 때의 이름은 멱설이였다고 해요. 1916년부터 약 4년 간 한학을 배우다 12세 때 서울에 있는 재동공립보통학교에 입학했고, 휘문고보를 거쳐 1927년 연희전문 문과에 입학했으나 다음 해 중퇴, 고향으로 내려갑니다.

1931년 실레마을에 야학을 열었고 그후 얼마 동안 금광을 전전했으나 1932년부터 실레마을에 금병의숙을 설립하고 본격적인 농촌 계몽운동에 나서게 되죠.

1933년 서울로 올라온 김유정은 1935년 《조선일보》와 《중앙일보》 신춘문예에 〈소낙비〉와 〈노다지〉가 각각 당선되어 문단에 혜성과 같이 등장합니다. 본격적으로 문학 작품을 쓰기 시작한 것도 이때부터였죠. 이상, 정지용, 김기림 등과 함께 순수문예 단체인 '구인회' 회원으로 활동했습니다. 그러나 1937년 지병인 결핵성 치질과 폐결핵으로 요절하고 말지요.

그는 2년여에 걸친 짧은 작가 생활을 통해 계몽적 이상주의나 감상적 농민 문학을 떠나, 농촌을 있는 그대로 보여주는 소설 30여 편을 내놓았습니다. 그래서 그는 토착적 유머와 함께 농민의 생활상과 그들의 감정을 사실적으로, 해학적으로 뛰어나게 그려낸 작가로 평가받고 있답니다. 토속적 어휘를 사용하여 농촌의 모습을 해학적으로 묘사하고 있으며, 농촌의 문제성을 노출시키면서 그것을 능동적으로 그리기보다는 웃음으로 치환시킴으로써 더욱 뛰어난 효과를 이끌어내고 있는 것이지요.

그러나 세계 인식의 방법에 있어서 냉철하고 이지적인 현실 감각이나 비극적인 진지성보다는 인간의 모습을 희화화함으로써 투철한 현실 인식과는 약간 거리감이 있다는 것이 한계라 할 수 있습니다. 그럼 김유정의 생애를 연도별로 살펴볼까요?

1908년 강원도 춘성에서 2남 6녀 중 막내로 태어남.

1916년 2년 전에 어머니가 돌아가신 뒤, 이어서 아버지가 별세. 이후 4년 간 한문을 공부함.

1928년 휘문고보를 거쳐 연희전문에 입학했으나 중퇴.

1930년 늑막염으로 쇠약해진 몸으로 전국 각지를 방랑함.

1932년 고향인 실레마을에 야학당인 '금병의숙(錦屛義塾)'을 열고, 조카 김영수 등과 문맹 퇴치 운동을 전개함.

1935년 단편 〈소낙비〉가 《조선일보》에, 〈노다지〉가 《중앙일보》에 당선됨. 이어 〈금 따는 콩밭〉, 〈떡〉, 〈만무방〉, 〈산골〉, 〈봄봄〉 등 발표.

1936년 〈동백꽃〉, 〈산골 나그네〉, 〈가을〉, 〈두꺼비〉, 〈옥토끼〉, 〈정조(貞操)〉, 〈야앵(夜櫻)〉, 〈슬픈 이야기〉 등을 발표하여 문단의 중견이 됨.

1937년 〈따라지〉, 〈땡볕〉을 발표. 장편 번역소설 〈잃어버린 보석〉을 《조광》에 연재. 3월 29일, 광주군 중부면 상산곡리 누님 집에서 세상을 떠남.

시대와 연관짓기

김유정이 작품을 주로 창작하던 1920년대와 1930년대의 한국은 일본의 식민 통치하에서 신음하고 있을 때였습니다. 1910년 조선을 강제 합방한 일본은 조선반도를 매개로 중국과 동남아 등의 식민지 쟁탈에 열을 올리고 있었던 때죠.

이러한 때에 시대가 추구하는 공통적인 가치를 상실하게 된 우리 나라의 작가들은 순수문학 쪽으로 대거 이탈하거나, 일본의 이익에 영합하는 반민족 행위에 결부되게 됩니다. 그러나 김유정은 그 어떤 시류에도 영합하지 않고, 문학성을 지닌 뛰어난 작품들을 창작, 발표합니다. 불우한 가정에서 태어난 김유정은 당시의 시대적 모순을 뛰어난 천재성으로 절감하고 있었고, 이를 소설 창작으로 표현하게 된 것입니다.

김유정이 요절한 이후 1940년대에 들어가면, 우리의 양대 민족신문이 폐간되고, 우리말을 쓰지 못하게 되는 등 일본의 군국주의는 더욱더 극에 달해 기승을 부리게 되죠.

태평양 전쟁을 일으킨 일본은 조선을 식량 자원과 노동력 쟁취의 거점으로 지정하고, 상상조차 할 수 없는 심한 압박을 가합니다. 이러한 암울한 시대에 김유정은 당시의 시대상을 뛰어난 문학성을 바탕으로 그려내어, 후세의 우리들에게 많은 감동을 전해주고 있지요.

 ## 작품 토론하기

1 〈동백꽃〉에서는 우둔한 '나'가 등장함으로써 소설을 좀더 재미있게 이끌어가고 있습니다. 이러한 '나'의 우둔함과 1인칭 시점이 갖는 의미에 대해서 생각해 봅시다.

▶김유정의 작품에는 1인칭 주인공 시점에서 일반적으로 보이는 자의식이나 개인 심리의 표출이 없는 것이 특징입니다. 서술자인 '나'는 사건의 해석에 무디고 우둔한 인물로 제시되고 있어요. 읽는 이에게는 이해되는 상황에 대해 화자는 계속 엉뚱한 반응을 보이고, 그런 화자의 시각으로 소설이 쓰여짐으로써 소설에 있어서의 해학미를 만드는 요소로 작용하고 있답니다.

2 | 김유정의 〈봄봄〉에서 장인과 '나'의 갈등은 표면적으로는 혼인 문제를 중심으로 다루어지지만, 실제적으로 당시 사회의 지주와 소작인간의 불평등했던 부의 분배에 대한 작가의 인식이 나타나 있는 작품이라고 할 수 있어요. 이러한 소설의 미학을 '해학'이라고 하는데, 작가 김유정은 이 해학의 미를 여러 작품에서 자주 이용하고 있답니다. 이러한 해학을 통한 사회 인식이 갖는 장점과 그 한계에 대해 논의해 봅시다.

➡️ 김유정의 작품 〈봄봄〉은 1930년대 농촌을 무대로 지난 한 시대의 농민의 삶이 어떤 문제, 어떤 모습을 지니고 있었는지를 생생하게 보여주고 있습니다. 이를테면, 그 당시 농촌 사회의 구조적 모순, 즉 당시의 소작 제도 아래에서 마름의 횡포가 얼마나 심했고, 그 횡포 앞에서 소작인의 생활이 어떻게 농락되고 유린되었는지를 잘 말해 주고 있지요.

또한 그러한 농촌 사회의 구조적 모순의 일면을 데릴사위와 마름인 장인과의 대립 관계를 통해서 그려내고 있답니다.

그러나 작가의 이런 사회 의식은 농촌 문제에 대해서 진지하게 비판하기보다, 그것을 해학적으로 다룸으로써 일정한 한계에 머물고 있어요. 즉, 심각한 자기 반성과 함께 당시의 농촌 현실에 대한 개혁 의지 같은 것을 강하게 보여주지 못하고, 농민들의 가난하고 찌든 삶을 단지 웃음의 소재로만 썼다는 비판을 면할 수 없는 것입니다.

> 3 〈만무방〉에서 등장하는 응칠은 부정적인 사고관을 지닌 인물임에도 불구하고, 작품에서는 일반 민중들의 호응을 받는 긍정적인 인물로 나타나고 있습니다. 응칠의 엉뚱한 생각과 행동들은 당시 민중들에게서 보이는 강한 생명력의 힘을 느낄 수 있지요. 이 점에 대해 서로 이야기해 봅시다.

➡ 응칠은 대립적인 인물이면서 동생인 응오에 비해 악한 인물로 묘사되지만, 동네의 여러 사람들에게 그 걸출함을 인정받는 인물이기도 합니다. 즉 사회의 부조리한 모순에 대해서 비판하고, 얽혀 있는 민중들의 압박에서 해방되어 있는 사람이라고 할 수 있지요. 이러한 응칠이란 인물은 당시 민중들의 사회 억압에 대한 강한 응전력을 보이고 있어요.

그러나 그러한 생명력은 사회 밖으로 소외됨으로써 획득된 것이지, 진정으로 사회 모순을 정면으로 해결하지 못했다는 한계를 지니고 있습니다.

① 독후감 예시하기

┃독후감┃ 등장인물을 중심으로 ― 〈동백꽃〉을 읽고

교과서에 실린 〈동백꽃〉이란 소설을 나는 단숨에 읽어 버렸다. '나'라는 어수룩한 소년과 점순이라는 말괄량이 소녀와의 이야기가 너무 재미있었기 때문이다.

마름의 딸 점순이는, 소작인의 아들인 '나'에게 치마폭에 숨겨 온 감자를 넌지시 내밀면서 "늬 집엔 이거 없지?" 하고 약을 올린다. 심사가 뒤틀린 '나'는 "너나 먹어라." 하고, 모처럼의 호의를 뿌리친다. 그때부터 점순이는 온갖 방법으로 '나'를 못살게 군다. 걸핏하면, 주인공네 수탉을 잡아다가 험상궂고 억센 자기네 수탉과 싸움을 붙이기가 일쑤이고, 별의별 악담도 서슴지 않고 퍼부어 댄다.

어느 날 산에서 내려오던 '나'는 점순이가 또 우리집 수탉을 반죽음이 되도록 괴롭히는 것을 보고 홧김에 작대기로 점순네 수탉을 때려 죽인다. 그러고는 이 일로 해서 자기네 집이 내쫓기게 될지도 모른다는 생각에 울음을 터뜨린다. 그러나 점순이는 말만 잘 들으면 이르지 않겠다며, 주인공의 몸을 왈칵 떠다미는 바람에 한창 흐드러지게 핀 동백꽃 속으로 푹 파묻혀 버리고 만다. 알싸한, 그리고 향긋한 동백꽃 냄새에 '나'는 온 정신이 아찔해진다.

이런 내용으로 전개되는 이 소설은 마치 호박엿을 먹는 것처럼 구수하고 달콤하였다. 이야기가 강원도 산골 마을이라는 배경 속에서 전개되는 점도 그러했지만, 좀 순박하고 어수룩한 '나'와 이와는 대조적으로 능동적이고 적극적인 점순이 사이의 갈등과 사건이 웃음을 자아내게 했다. 그리고 등장인물들이 쓰는 말들이 토속미가 흠씬 풍기는 말투여서 더 순수하고 재미있게 여겨졌다.

주인공 '나'는 소같이 사람 마음을 읽어내는 데는 굼뜨고 무디면서 순진하고 어리숙하지만 무척 정이 가는 인물이다. 그리고 적극적이고 암팡지게 자기 생각을 표현하는 점순이는 그 당시 전형적인 여자의 모습인 다소곳하고 얌전한 인물은 아니지만 오히려 읽는 이로 하여금 주인공 '나'로 인해 답답한 마음을 속시원히 뚫어 주는 매력적인 인물인 것 같다.

겉으로 보면 이 소설은 점순이와 주인공 '나'와의 애정 문제를 중심 사건으로 다루고 있는 것 같지만, 그 이면에는 1930년대 농촌에서의 지주와 마름, 그리고 그 땅의 소작인들의 관계에 대해서도 언급하고 있다. 주인공 '나'는 마름인 점순이네 집에서 땅을 부쳐먹는 소작인의 아들이기에 점순이의 마음을 조금은 알아챘으면서도 둘 사이가 이러쿵저러쿵 소문이라도 나면 자기네 집이 쫓겨날까 봐 모른 체한 게 아닌가 싶다. 그리고 보면 참 순진한 주인공이다.

사춘기 소년 소녀의 연정이 재미있으면서도 한편으로는 마름과 소작인이라는 계급 때문에 자신의 마음을 제대로 표현하지 못하고 점순이를 경계해야 하는 주인공의 모습에 약간은 서글픈 마음이 들었다.

어쨌든 내 마음속에 크게 남은 것은 점순이와 주인공 '나'와의 애틋한 마음이다. 동백꽃이 흐드러지게 핀 가운데 만나는 두 사람의 마지막 장면은 억지로 결말을 이끌어내는 여타의 소설과는 달리 한층 세련된 느낌이 들었다. 둘 사이가 이제 서로 좋아하는 감정이 확인되는 관계로 발전하는 것에서 이야기가 마무리되는데, 앞으로의 일들을 상상할 수 있도록 강한 여운을 남기고 있다.

■독후감■ 시간 및 시대 상황을 중심으로 ― 〈봄봄〉을 읽고

처음 이 책을 읽게 된 것은 '봄봄'이란 제목이 참 예뻐서였다. 그 안에는 어떤 이야기가 담겨 있을지 무척 궁금했던 것이다. 김유정의 소설은 예전에 〈동백꽃〉을 읽어본 것이 전부였는데, 이 소설 역시 작가 특유의 문체로 글을 참 맛깔나게 썼다는 점이 매우 인상적이었다.

이 소설을 이끌어가는 것은 세 명의 인물이다. 좀더 자라면 점순이와 성례를 시켜 주겠다는 말만 믿고 우직하게 머슴처럼 일하는 주인공과, 새침한 듯 하지만 주인공을 꼬드겨 성례를 올려달라고 조르게 하는 점순, 그리고 약삭빠르게 자신의 딸을 미끼로 여러 명의 데릴사위를 번갈아 두고 무보수로 노동력을 착취하는

교활하고 욕심 많은 영감인 장인어른……. 이렇게 세 인물을 중심으로 이야기가 재미나게 펼쳐진다.

나는 이 소설을 읽으면서 그 당시 우리 나라의 농촌 현실이 얼마나 모순되었는지를 알 수 있었다. 그저 우직하고 일만 열심히 하는 '나'라는 주인공을 교묘하게 이용해 돈도 안 주고 일만 죽도록 시키는 장인 어른이라는 인물을 통해서 그 당시의 소작 제도가 얼마나 서민층을 괴롭히는 부당한 제도였는지를 다시 한번 느낄 수 있었다.

작품 속에서는 매우 해학적으로 재미있게 묘사되고는 있지만, 답답할 정도로 이용당하는 '나'라는 인물이 측은하게 여겨졌고, 딸이 자라지 않았다는 핑계로 주인공의 노동력을 착취하는 욕심 많은 장인이 너무 얄미웠다. 내가 대신 소설 속으로 뛰어들어가 주인공의 대변인이 되어 장인 어른에게 한바탕 따지고 싶을 정도였으니까…….

어쨌든 서글프고 억울하게 느껴질 수 있는 부당한 농촌 현실을 웃음이 나올 정도로 해학적으로, 그리고 토속적으로 그린 작가 김유정의 글 솜씨에 다시 한번 감탄하지 않을 수 없다.

독후감

제대로 쓰기

책을 읽기 전에

우리는 책을 통해서 지식을 쌓고 학문을 연마하게 됩니다. 또한 교양을 얻고 수양을 쌓게 되지요. 그리하여 즐겁고 보람 있는 생활을 할 수 있는 것입니다. 이러한 습관이 지속된다면 이것이 곧 나의 생활 자체가 되고, 책을 읽는 시간이 얼마나 가치 있고 즐거운 시간인지 깨닫게 될 것입니다.

독후감을 쓰기 위해서는 책을 읽어야 함은 말할 것도 없습니다. 그러나 아무 책이나 읽는다고 다 좋은 것은 아닙니다. 특히 중학생은 아직 양서를 구별할 만한 충분한 지식을 갖추지 못했기 때문에 선생님 혹은 부모님, 그리고 선배들이 권하는 책이나, 이미 국내적으로나 세계적으로 잘 알려진 명작이나 명저를 찾아 읽는 것이 바른 방법이라고 볼 수 있습니다. 예컨대 사회적으로 존경받을 만한 사람들의 일대기를 그린 위인전이나 자서전 같은 것은 읽을 가치가 있으며, 명시 모음집이나 명작 소설, 특정한 분야의 관찰기, 평론집 같은 것도 좋은 읽을거리가 될 수 있습니다.

그럼 효율적인 독서를 위해서 유의해야 할 점을 알아볼까요?

첫째, 본문을 읽기 전에 책의 앞부분에 있는 머리말이나 해설하는 글을 먼저 정독합니다. 그러면 책을 쓰게 된 동기나 평가 등에 대하여 잘 알 수 있게 되죠.

둘째, 목차를 잘 살펴봅니다. 목차에서 그 책의 내용이 어떻게 전개될 것인가에 대해 미리 파악할 수 있기 때문입니다.

셋째, 본문을 읽기 시작하면, 그 중에 잘 모르는 단어나 문구가 나오기 마련입니다. 그런 것은 곧 사전을 찾아 뜻을 알아두어야 합니다. 그런 것을 무시했다가는 자칫 전체를 이해하지 못하는 오류를 범할 수 있거든요.

넷째, 각 문단별로 소주제가 무엇인지를 파악하고, 그 줄거리를 요약하는 습관을 길러야 합니다. 특히 필자가 표현하려는 것과 그 뒷받침되는 내용이 무엇인지 알아내는 것이 필수겠지요.

다섯째, 글의 배경은 무엇인지, 앞뒤 맥락이 어떻게 이어지고 있는지를 잘 생각하면서 읽어야 합니다. 그리고 소설일 경우에는 주인공과 등장인물들의 성격이나 특성을 파악해야 하지요.

여섯째, 다 읽은 다음에는 줄거리를 만들어 보고, 전체적인 주제가·무엇인지 정리하는 작업도 필요합니다.

 ## 책을 감상하는 방법

책을 읽을 때는 내용을 진지하게 파고들어 가며 읽어야 합니다. 즉 자기의 현재 생활과 비교해 가며 생각의 폭과 사고를 넓히는 것이 중요하답니다. 그리고 작품의 문체·제목·주제·논제 등도 염두에 두고 읽으면 독후감을 쓰기가 좀더 수월해집니다.

그리고 저자가 강조하고 있는 내용과 사건들이 현재 우리 사회에 어떤 의미를 가지고 있으며 어떻게 발전시켜 나가야 할 것인가를 생각하며 읽습니다. 더불어 저자가 작품에서 강조하려고 하는 것이 무엇인가를 파악하며 읽을 필요가 있습니다. 그렇다고 굉장한 부담을 느끼면서 책을 읽을 필요는 없습니다. 책 읽는 것 자체를 즐긴다면 그리 깊게 생각하지 않아도 작가가 말하려는 바를 깨닫게 될 테니까요.

그렇다면 각 문학 장르에 따라 어떤 점에 유념하여 책을 읽어야 하는지 알아볼까요?

▌**소설**▌ 작품의 주제를 파악하고 작중 인물의 성격과 배경을 생각하며 주인공이 어떻게 변화되어 가고 있는가를 염두에 두고 읽습니다. 자신의 생각이나 현실과 결부시켜 보는 것도 재미를 배가시켜 줄 거예요.

▌**시**▌ 선입견 없이 그대로 느낌을 받아들이며 읽습니다.

▌**희곡**▌ 무대 상연을 전제로 하여 쓰여진 것이기 때문에 시간적·공간적 제약을 받는다는 것을 염두에 두어야 합니다.

▌**역사 소설**▌ 인물·사건 등을 작가가 상상력에 의존하여 구성한 글로서, 항상 계몽사상이나 민족의식 고취 등 어떤 목적이 들어 있는지를 파악하며 읽어야 합니다.

▌**역사**▌ 역사는 역사 소설과는 구분지어야 합니다. 이것은 정

확한 기록으로 글쓴이의 주관적 해석이 들어 있을 수 없으며, 시간의 흐름에 따라 사건을 나열한 것임을 생각해야 합니다.

▌**수필** ▌ 지은이의 인생관이 들어 있습니다. 심리적 부담감이 적으므로 편안한 마음으로 읽을 수 있습니다.

▌**전기문** ▌ 인물의 정신, 자취, 시대적 배경과 사회적 환경을 먼저 파악해야 합니다.

▌**과학 도서** ▌ 미지의 세계에 대한 탐구심, 합리적 사고력 배양, 지식과 정보의 입수, 창의력을 기르는 데 도움이 되므로 평소 이에 대한 흥미를 갖는 것이 중요합니다.

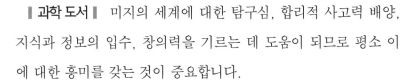

③ 독후감이란 무엇인가?

독후감은 말 그대로 어떤 글이나 책을 읽고, 그에 대한 느낌이나 생각을 쓰는 것입니다. 좋은 책을 읽고 그것을 정리해 두지 않는다면 곧 그 내용을 잊어버려, 독서를 한 만큼의 가치를 얻지 못할 수도 있으니까요. 그러므로 한 권의 책을 읽으면 곧 그 책의 내용을 정리하고, 느낌이나 생각을 적어 두는 것이 좋습니다.

독후감은 느낌이나 생각을 거짓 없이 써야 하나, 그렇다고 아무렇게나 써도 되는 것은 아닙니다. 즉 독후감도 글이므로 수필의 형식으로 쓰든, 논술의 형식으로 쓰든, 정확하게 읽고 주제와 내용에 맞게 써야 함은 물론이죠. 아무리 좋은 글이나 책이라도, 잘 못 읽어 실제와 맞지 않는 생각이나 느낌을 쓰면 좋은 독후감이라고 할 수 없거든요. 그러므로 좋은 독후감을 쓰려면 독서를 잘해야 한다는 것이 전제됩니다. 독서를 잘하는 방법은 따로 있는 게 아니라, 그저 많이 읽다 보면 요령이 생기고, 이해도 쉽게 되며, 능률도 오르게 되는 것입니다.

4 독후감은 왜 쓰는가?

독후감을 쓰는 목적은 독후감을 작성함으로써 독서하는 능력이 향상되고 글 쓰는 훈련을 할 수 있기 때문입니다. 그러므로 독후감을 쓰기 위해 책을 읽으면 보다 깊은 생각을 하면서 책을 읽게 됩니다. 또한 책을 통해 생활을 반성하며, 책에서 얻은 지식과 감명을 음미하여 자기 생활에 적용시킬 수 있습니다. 문장력과 논리적 사고가 향상되는 것은 물론이고요! 그럼 독후감을 왜 쓰는지 다음과 같이 정리해 볼까요?

① 읽은 책의 내용을 되살려 다시 음미해 볼 수 있습니다.

② 감동을 간직하고 책 읽는 보람을 얻을 수 있습니다.

③ 책을 통해 지식을 심화시킬 수 있습니다.

④ 책을 통해 자신의 문제를 연관지어 볼 수 있습니다.

⑤ 글을 써 봄으로 해서 생각을 깊이 있게 할 수 있습니다.

⑥ 독서 목표를 확실히 할 수 있습니다.

⑦ 작품에 대한 비판력과 변별력을 기를 수 있습니다.

⑧ 생각을 조리 있게 쓸 수 있는 작문력을 향상시켜 줍니다.

⑨ 사고력과 논리력, 추리력을 기를 수 있습니다.

⑩ 바르게 책을 읽는 습관을 형성할 수 있습니다.

⑤ 독후감을 쓰기 전에 생각하기

독후감은 수필의 형식이든 논술의 형식으로든 쓸 수 있다고 했는데, 사실 이 둘의 차이는 모호합니다. 다만, 수필이 자유롭게 붓 가는 대로 쓰는 것이라면 논술은 논리 정연하게 쓴다는 점이 다르다고 할 수 있습니다.

붓 가는 대로 자유롭게 수필의 형식으로 쓰는 독후감이라도 글의 앞뒤가 맞지 않는다든지, 주제가 통일되지 않으면 좋은 평가를 받을 수 없습니다. 논리 정연하게 쓰는 독후감이라면, 서론·본론·결론으로 나누어 서술해야 함은 물론이구요.

서론에 해당되는 부분에서는 그 책에 대한 소개나 쓴 사람의 생애, 또는 특기할 만한 일화 같은 것을 적는 것이 일반적입니다.

본론에 해당하는 부분에서는 그 책을 읽고 특별히 다루려는 내용을 체계적이고 구체적으로 써야 합니다.

결론에서는 본론에서 다룬 내용을 요약하거나, 자신이 읽은 후의 감상, 그 책의 좋은 점, 나쁜 점 등을 들어서 마무리를 해야 합니다.

독후감은 짧게 쓰는 것이 상례이므로, 작품 전체를 거론하기보다는 특정한 주제를 잡아서 쓰는 것이 좋습니다. 보편적으로 다룰 수 있는 몇 가지 주제를 제시해 보면 다음과 같습니다.

첫째, 작가의 의식이나 주인공의 언행, 성격과 연관지어 주제를 구현시키는 방법입니다.

문학 작품이라면 주제가 애정이나 애국, 의리나 배반일 수 있으므로 이러한 점에 초점을 두고 써야겠지요. 또한 과학이나 업적에 관계된 것이라면, 그 발명의 의의나 연구자의 노력과 관련시켜 서술해야 하겠지요.

둘째, 저자의 이념이나 생애, 업적에 관심을 두고 쓰는 방법입니다.

그 작품을 통하여 알 수 있는 저자의 철학이나 사상 또는 저자가 그 작품을 남기기까지의 역경이나 작품을 쓰게 된 동기, 작품의 가치나 다른 작품에 미친 영향 등 작품과 연관시켜 쓰는 것이지요.

셋째, 작품의 내용을 중심으로 기술합니다

예컨대, 작품 속 주인공의 성격을 분석하거나 다른 사람과 비교해 볼 수도 있고, 그 작품의 사건이나 시대적 배경을 논의하거나, 작품의 구성 같은 것에 초점을 두고 이야기할 수도 있습니다.

이와 같이 작품을 읽기 전에 먼저 어떤 점에 중점을 두고 독후감을 쓸 것인가를 염두에 둔다면, 그렇지 않은 경우보다 훨씬 이해가 쉽고, 나중에 독후감을 쓰는 데도 도움이 될 것입니다.

독후감의 여러 가지 유형

1. 처음에 결론부터 쓴 다음 왜 그러한 결론이 도출되었는지 감상을 자세하게 쓰거나, 감상을 먼저 쓰고 결론을 씁니다.

2. 책을 읽게 된 동기부터 설명하고 글 중간에 자기의 감상을 씁니다.

3. 저자나 친구에 대한 편지 형식으로 감상을 쓰거나 주인공에게 대화 형식으로 씁니다.

4. 시(詩)의 형태로 감상문을 씁니다.

5. 대화문(對話文) 형식으로 씁니다.

6. 줄거리부터 요약한 다음 자기의 느낌이나 생각을 씁니다.

독후감을 구체적으로 쓰는 방법

어렵게 쓰겠다는 생각은 하지 말고 쉽게 써야겠다는 마음가짐을 가져야 좋은 글이 나올 수 있습니다. 그리고 무엇보다 감상문을 쓰기 전에 무엇을 어떻게 쓸까 조목별로 골자를 먼저 쓰고, 이 골자에 살을 붙이는 방법으로 쓰려고 노력해야 합니다. 이때 의도적으로 아름답게 잘 쓰려고 하지 않는 것이 좋습니다. 자, 그럼 더 자세하게 알아볼까요?

1. 먼저 제목을 붙입니다.

2. 처음 부분(머리글)을 씁니다.

   ⟫ 책을 읽게 된 이유나 책을 대했을 때의 느낌을 씁니다.

   ⟫ 자신의 생활 경험과 관련지어 써 봅니다.

   ⟫ 제일 감동받은 부분을 씁니다.

   ⟫ 지은이나 주인공을 소개하는 글을 씁니다.

3. 가운데 부분을 씁니다.

   ⟫ 자기의 생활과 견주어 씁니다.

   ⟫ 주인공과 나의 경우를 비교해서 씁니다.

   ⟫ 시시비비를 분명히 가려야 합니다.

   ⟫ 가장 극적이었던 부분을 소개합니다.

4. 끝부분을 씁니다.

   ⟫ 자신의 느낌을 정리합니다.

◦》 자신의 각오를 씁니다.

독후감을 쓴 다음에는 다음과 같은 추고의 과정이 필요합니다.

첫째, 쓴 글을 다시 한 번 읽으면서 맞춤법이나 표준어 규정에 어긋나는 것은 없는지 살펴봐야 합니다.

둘째, 문장이 잘 구성되어 있는지, 또 문단이 잘 짜여져 있는지 알아보아야 합니다. 한 문단에는 소주제문과 보조문들이 있어야 하는데, 그런 점이 잘 지켜져 있는지 유의해야 합니다.

셋째, 글 전체의 구성이 잘 이루어졌는지 살펴봅니다. 예를 들어 서론에 해당하는 부분이 지나치게 길다든지, 결론에 해당하는 부분이 너무 짧다든지, 전체적인 구성이 균형을 잃고 있다면 다시 고쳐 써야 하겠지요.

우리가 시간을 들여 열심히 책을 읽고 난 후 독후감을 잘 쓰기 위해서는 책을 읽고 있는 동안의 느낌을 잊지 않고 글로써 표현할 줄 알아야 하며, 책을 읽고 가장 감명받은 부분을 기억하고 있어야 합니다. 또한 다른 사람들은 어떻게 독후감을 썼는지 남의 것을 읽어 보고, 자신의 것과 비교해 보며 자주 글을 써 보는 것이 중요합니다. 그렇게 하다 보면 자신만의 개성 있는 필치로 독특한 감상문을 쓸 수 있게 되지요. 학교에서 아무리 독후감 숙제를 내주어도 부담없이 즐거운 기분으로 끝낼 수 있을 겁니다!

그 밖에 알아두면 유익한 것들

▌독후감 쓰기 10대 원칙 ▌

1. 자신의 수준에 맞는 책을 선택합시다.

2. 독후감 쓰는 형식이 있기는 하지만 너무 거기에 구애받을 필요는 없습니다.

3. 자신이 작가라면 어떻게 글을 이끌어갈지를 생각하며 읽어 봅시다.

4. 평소 음악 평론이나 영화 평론을 많이 읽어 봅시다.

5. 읽으면서 마음에 와닿는 것이 있다면 따로 적어 둡시다.

6. 현대 사회의 문제점과 비교하면서 읽어 봅시다.

7. 모르는 것이 있으면 적어 두는 습관을 기릅시다.

8. 신문 사설이나 칼럼을 스크랩해서 필요할 때 사용합시다.

9. 요약하는 데에만 집착하지 말고 제대로 책을 읽읍시다.

10. 읽은 후에는 꼭 독후감을 직접 써 봅시다.

▌책을 읽는 10가지 방법 ▌

1. 아주 어릴 때부터 책과 친하게 지내는 습관을 기릅시다.

2. 너무 속독하려 하지 말고 담겨진 내용을 충실히 읽는 습관을 기릅시다.

3. 항상 작품이 나와 어떠한 상관 관계가 있는지 체크를 해 가

며 읽읍시다.

4. 무조건 책장을 넘길 것이 아니라 시시비비를 가려 가면서 읽읍시다.

5. 매일매일 조금씩이라도 책을 읽는 습관을 들입시다.

6. 책 속에 담긴 뜻을 음미하고 되새기면서 읽읍시다.

7. 너무 자신의 취향에 맞는 책만 읽지 말고 다양한 장르의 책을 골고루 읽도록 합시다.

8. 책 속에 담겨진 교훈을 깊이 생각하고 생활에 적용시킵시다.

9. 책에 따라 읽는 방법을 달리하는 습관을 들입시다. 모든 책이 만화책은 아니기 때문이죠.

10. 바른 자세로 앉아 눈과의 거리를 30cm 두고 밝은 곳에서 읽읍시다.

9 원고지 제대로 사용하기

▌제목 및 첫 장 쓰기 ▌

1. 제목은 석 줄을 잡아 둘째 줄 가운데에 씁니다.

2. 1행 2칸부터 글의 종별을 표시합니다. 가령 수필이면 '수필'이라고 씁니다. 간혹 글의 종별을 비워 두는 경우가 많은데 이는 적는 것을 잊었거나, 원고지 사용법에 무관심하기 때문입니다.

3. 제목을 쓸 때에는 마침표를 찍지 않고, 물음표와 느낌표는 붙이지 않는 것이 좋습니다.

4. 제목에 줄임표는 사용하지 않는 것이 상례입니다.

5. 이름은 넷째 줄 끝에 두 칸 정도를 남기고 씁니다. 특별한 경우에는 서너 칸을 남겨도 됩니다.

6. 성과 이름은 붙여 씁니다. 다만, 성과 이름을 분명히 구별할 필요가 있을 경우에는 띄어 쓸 수 있습니다. 예) 임채후(○), 남궁석(○), 남궁 석(○)

7. 본문은 여섯째 줄부터 쓰는 것이 좋습니다. 단, 특수한 작문인 경우는 넷째 줄부터 본문을 시작해도 상관없습니다.

8. 학교 이름이나 주소가 길 경우에는 세 줄로 쓸 수 있습니다.

9. 주소는 보통 표제지에 기재하고 원고지 첫 장에는 제목과 성명만 간단하게 적는 것이 상례입니다.

10. 성명의 각 글자는 시각적 효과를 위해 널찍하게 한두 칸씩 비워 써도 무방합니다.

11. 학교 앞에 지명을 기입할 때는 학교명을 모두 붙여 써서 지명과 학교명의 구분을 명확히 해 주는 것이 좋습니다.

▌첫 칸 비우기 ▌

1. 각 문단이 시작될 때는 첫 칸을 비우고 씁니다.

2. 대화체의 경우는 첫 칸을 비우고 씁니다.

3. 인용문이 길 때는 행을 따로 잡아 쓰되, 인용 부분 전체를 한 칸 들여서 씁니다.

4. 첫째, 둘째, 셋째 등으로 이야기를 전개해야 할 때는 시작할 때마다 첫 칸을 비울 수 있습니다. 단, 그 길이가 길거나 제시된 내용을 선명하게 하고자 할 때 비워 둡니다.

5. 시는 처음 두 칸 정도 줄마다 비우고 씁니다.

▌줄 바꾸기 ▌

1. 문단이 바뀔 때는 줄을 바꾸어 씁니다.

2. 대화는 줄을 새로 잡아 씁니다.

3. 인용문을 시작할 때는 줄을 바꾸어 씁니다. 단, 그 길이가 길 때 한해서입니다.

4. 대화나 인용문 뒤에 이어지는 지문은 글이 다시 시작되는 것이므로 한 칸을 들여 씁니다. 단, 이어 받는 말로 시작되는 지문은 첫 칸부터 씁니다.

▌문장 부호 및 아라비아 숫자, 영문자 ▌

1. 문장 부호는 한 칸에 하나씩 넣는 것이 원칙입니다.

2. 아라바아 숫자는 한 칸에 두 자씩 넣습니다.

3. 한자(漢字)로 쓸 때는 띄어 쓰지 않습니다. 그러나 한자와 한글이 함께 쓰이면 띄어 쓰기를 합니다.

4. 마침표(.)와 쉼표(,) 다음에는 통례상 한 칸을 비우지 않으며, 느낌표(!), 물음표(?) 다음에는 통례상 한 칸을 비웁니다.

5. 행의 첫 칸에는 문장 부호를 쓰지 않습니다. 첫 칸에 문장 부호를 써야 할 경우는 그 바로 윗줄의 마지막 칸에 글자와 함께 씁니다.

6. 영문자의 경우, 대문자는 한 칸에 한 글자, 소문자는 한 칸에 두 글자씩 넣습니다.

⑩ 문장 부호 바로 알고 쓰기

1. 마침표 : 문장을 끝마치고 찍는 문장 부호로 온점(.), 물음표(?), 느낌표(!)를 이르는 말입니다.

2. 쉼표 : 문장 중간에 찍는 반점(,) 가운뎃점(·) 쌍점(:) 빗금(/)을 이르는 말입니다.

3. 따옴표 : 대화, 인용, 특별어구를 나타낼 때 쓰는 문장 부호로 큰따옴표(" ")와 작은따옴표(' ')를 씁니다.

4. 그 밖의 문장 부호 : 물결표(~)는 '내지(얼마에서 얼마까지)'라는 뜻에 씁니다. 줄임표(……)는 할말을 줄였을 때와 말이 없음을 나타낼 때 씁니다.

11 마치며

초등학교나 중학교에서는 독후감이라는 말을 사용하지만 고등학교에 가게 되면 독후감이라는 말보다는 아마 논술이라는 말을 더 많이 쓰고 더 많이 듣게 될 것입니다. 논술이란 말 그대로 어떠한 논제를 가지고 논리적으로 서술하는 것을 말하는데, 이는 하루아침에 이루어지지 않습니다. 다양한 분야의 많은 것을 폭넓고 깊이 있게 알고, 주관을 뚜렷이 할 때만이 논술을 잘 쓰게 되는 것이지요. 그러기 위해서는 중학교 시절부터 많은 책을 읽어 보고 스스로 글을 써 보는 훈련을 하는 것이 중요합니다.

실제로 고등학교에 가면 교과목 공부에도 시간이 모자라 제대로 책을 읽을 시간이 없거든요. 무엇을 알아야 글을 쓸 것이고, 자신의 주장을 피력할 것 아니겠어요? 그러니 중학생 시절부터 좋은 책을 많이 읽어 보고, 생각해 보며, 글을 써 보는 노력을 하는 것이 여러분의 미래를 더욱 밝게 해줄 것입니다. 아마 그렇게 한 사람은 그렇지 않은 사람보다 10리쯤 앞서 나가지 않을까 생각되는데 여러분 생각은 어떠세요?

‖성 낙 수‖
한국교원대 교수, 연세대학교 졸업, 동 대학원에서 석사 · 박사 학위 받음.
‖이 은 성‖
전주 전일중학교 교사, 한국교원대학교 졸업, 한국교원대학교 박사과정 재학.
‖유 상 우‖
전주 서중학교 교사, 한국교원대학교 졸업, 한국교원대학교 대학원 재학.

판 권
본 사
소 유

중학생이 보는
동백꽃

초판 1쇄 발행 2001년 4월 30일
초판 18쇄 발행 2020년 3월 30일

지 은 이 김 유 정
엮 은 이 성낙수 · 이은성 · 유상우
펴 낸 이 신 원 영
펴 낸 곳 (주)신원문화사

주   소 서울시 구로구 가마산로 27길 14 (신원빌딩 10층)
전   화 3664-2131~4
팩   스 3664-2130

출판등록 1976년 9월 16일 제5 - 68호

* 잘못된 책은 바꾸어 드립니다.

ISBN 89 - 359 - 0981 - 5 43810